목차

(2장: 머무르다)

(3장: 날아가다)

1장: 날아들다.

*상가 말고, 폐가

「인생의 진정한 감독은 우연이다.

무작위적인 가능……

실제로 운명이 결정되는 드라마틱한 순간은

믿을 수 없을 만큼 사소할 수 있다.」

-영화 리스본행 야간열차 중

 "그걸 샀어?"

"아니…

그게… 말이야…"

일은 이미 저질렀고, 주사위는 던져졌다.

나만의 공간 '작은 상가'를 꿈꾸던 나는 덜컥,

다 쓰러져가는 '폐가'를 결국 선택하고 말았다!

  이렇게 결정하기까지의 나의 마음을 대변하자면,

2016년으로 거슬러 올라가야 한다.

갱년기가 오기 전, 2016년은 정말 잊을 수가 없다.

3살 터울인 남매가 각자 대학교, 고등학교 기숙사로 떠났던 첫해였고, 난 남편과 단둘이 덩그러니 남게 되었지만, 왠지 모를 작은 파동의 설레임이 감지되며, 하루하루가 새롭게 설레이기 시작했다. 늦잠을 잤고, 아침밥을 하지 않았고, 청소도 빨래도 텀이 늘어나며, 가사 노동에서 벗어나 자유를 만끽하며, 내가 하고 싶은 대로 먹고, 걷고, 놀며, 맘껏 좋아하는 책을 보다 잠들기 일쑤였던, 때론 늘어지게 '소파 엑스레이'를 찍으며 신났던……일단, 무엇보다 아이들 입시와 가사 노동의 강도가 팍 줄어들어 마음 편해 좋았다. 그러나 아이들과의 연결고리에 집착한 듯한 남편은 나와 달리 매일 매일 아이들 안부를 묻고, 걱정하며 나의 자유로움을 방해하는 듯했다. "아공 헬리콥터 맘 아직 작동 중이니, 걱정마~"라고 안심 시켜두고는, 아이들이 아닌 나를 찾겠다며 '내 맘대로 할 거야'를 입버릇처럼 되뇌며 행궁동을 배회했었다. 40대 후반이었던 그때 나는 다리도 튼튼했고, 마음은 호기심으로 가득했으며, 진짜 20년 만에 누려보는 '육아 해방감'에 세상이 달리 보였다. 그러나 나의 해방기는 불과 석 달 만에 막을 내렸고 '기숙사보다 집이 너무 좋다'는 스무 살 딸냄 덕분으로, 일시 정지 되고 말았다. 그 뒤로 작은 아이의 입시가 완전히 끝날 때까지 또다시 결과를 기다려야 하는, 불안과 초조의 시간을 아이들과 함께하며, 나는 언젠가는 또 다른 해방의 그날이 오리라 호시탐탐 노리고 있었다.

둘째의 입시는 2018년 12월 크리스마스 전에 모두 끝났고, 나는 정말 양 날개를 다시 찾은 듯 기뻤다!!!

본격적인 '나만의 공간'에 대한 갈증을 해소하기 위해 행궁동 배회는 더 늘었고, 본격적이었다. 공간의 위치에 따라 싼 임대료일수록 주변은 온통 대나무를 올린 점집이 많아, 마음이 내키지 않았고, 이리저리 방황하는 나를 보는 남편은 더욱 나를 이해하지 못하는 상태가 되어갔다.

이제는 아이들도 모두 성인이고, 나도 해보고 싶은 게 많은 사람인데, (처음엔 작은 책방을, 나중엔 공간대여를 해보고 싶었다) 무조건 반대만 하는 남편이 나 역시 야속한 시간이었다. 때마침 행궁동엔 작고 이쁜 책방과 개성 있는 작은 소점포들이 하나둘 늘어나는 시기라 더욱 내 마음은 조급하기만 했고, 결국은 그렇게 몇 년의 시간만 흘러, 이제 행궁동은 내 수준에선 엄두도 못 내는 곳이 되어 있었다.

그렇게 또 몇 년, 해소되지 않은 마음의 대안이었던 우리집 아파트 전망 좋은 방에 이미 작고 아늑한 '나만의 슈필라움'을 만들어, 매일 아침 눈뜨면 차도 마시고, 책도 보던 공간이 있었음에도 나의 마음 한구석엔 온통 나처럼 뒤늦게 '빈둥지 증후군'이 있거나, 본연의 나를 찾고 싶거나, 외롭거나, 여러 가지 이유로 지쳐 혼자 있고 싶은 여자들이 언제라도 쉬어 갈 수 있고 책과 차를 나누며, 결이 맞는 서로를 응원하고 마음으로 다독일 수 있는 '여자들의 연대 공간'이 간절히 갖고 싶었다.

남편은 이런 나의 마음을 알 길이 없는지 맥없이 생활하던 나에게 '골프'를 또다시 권했고, 팬데믹으로 인해 너도나도 골프에 입문하던 시기인 바야흐로 2020년에 나는 우연한 기회에 골프 연습장에서 내려다보이는, 도심 근교 '시골집'에 반하고 만다.

그날 이후 '상가 말고 시골집'을 노래하던 나는 귀인을 만나, 기동력 있게 시골집을 보러 갔고 발 빠른 부동산 덕분에 우리가 두 번째 둘러본 폐가에서 '서까래와 장독대'에 반해 덜컥, 일을 저지르고 말았다.

'간절히 생생하게 꿈꾸면 이루어진다.'라는
문장의 힘을 나는 아직 믿는다!
이렇게 꿈만 꾸고 소망하던 상가 아닌 시골집이
내게 오고 말았다!

"죄송한데...... 뭐 하시는 분이세요?"
"아~네......
저희 그냥 아줌미에요. ㅎㅎㅎ"

시골집! 아니 폐가를 덜컥 계약하는 우리들의 모습이
그분들에게는 철없고 이해가 되지 않았나 보다.
내내 들떠서 싱글벙글하는 우리를 재밌게 쳐다보시며
자꾸 그곳에서 무얼 하실 거냐고 물으신다.

'하고 싶은 게 오조 오억 개는 넘는다'라고
말하고 싶었지만......
"재밌게 살고 싶어서요"라고 말하고 웃었다.

　이렇게 상상 이상으로 빠르게 일사천리로 오래도록 마
음속에 품고만 있던 파랑새가 내게 날아왔고, 난 귀인의
도움으로 부동산 계약까지 끝낼 수 있었다.
　설레고
　　　떨리고
　　　　　벌써
　　　　신나고
　　　　벌써
　재밌는
나의 슈필라움 '파랑새'는 이렇게 현실로
나에게 날아왔다.

　그러나!
삶의 MSG인 '그러나'가 빠지면 삶이 싱겁기에,
어김없이 밀려온 그.러.나!

계약 후 다음 날.

또다시 시골집이 너무 궁금해서 혼자라도 가서 보고 온

나의 파랑새는 '원효대사의 해골 물'처럼 황량함을 넘어

황폐하기까지...

잡초도 사랑스런 초록이로 보이는 내 눈이 이상한 건지

첫눈에 반해 자세히 못 본 서까래도 흙벽도,

참 많이도 허물어져서는 올 장마를 견딜 수 있을지

근심 또 근심이었다.

　첫날

첫눈에 반한 장독대도

비 오는 날 만난 싱그러운 초록이들도

온데간데없이 사라지고

햇빛 쨍한 대낮, 홀로 가서 다시 만난 시골집은

그야말로 '폐가'였다.

다시 만난 파랑새는

위협적인 벌들과 온갖 벌레, 파리 떼들의 천국이었다.

인기척에 놀라 후다닥 몸을 숨기던 두 마리의 아기 고양

이들로 기억되며, 근심과 걱정과 두려움까지 동반된 겁

많은 발 돌림이었다.

'일장춘몽' 같은 몽롱한 기억을 더듬으며

다음날, 도저히 참지 못하고

무거운 마음으로 또다시 홀로 차에 올랐다.

놀란 가슴 달래며, 다시 또 파랑새를 만나러 가는 길.

조금은 두려웠지만, 집에서 차로 25분 거리의 여정은 정

말 파란 하늘의 구름만큼이나 두둥실 -

두리둥실 예뻤다!

"그래 ~~

다~ 좋을 순 없잖아."

  집은 비록 누추해도 맘껏 누릴 수 있는 이 아름다운

자연을 어찌 포기할 수 있으리.

  아직 잔금이 남아있어 집에 다시 들어가진 않았지만,

곧 우리 동네가 될 이곳에서 근심 걱정 다 내려놓고,

정말 예쁜 6월의 들꽃들과 혼자 놀다 왔다.

이제는

'상가 아닌 폐가'에서

나의 꿈을 마음껏 펼쳐 볼 생각이다.

여기까지 오기에 꼬박 5년이 걸렸다.

24

*홀로되는 것은 없다.

  2021년

6월25일 오후.

잔금을 치르고

파랑새를 갖게 되었다!

이 얼마나 기다리던 순간이었음에도 불구하고

노래 가사처럼

'내꺼인 듯 내꺼 아닌 내꺼 같은 너!'

실감이 나지 않았다.

  백년쯤 된 집에

어찌어찌하다

역사는 흐르고 흘러

10년쯤 사시던 분이

집 관리를 전혀 안 하셨고

비워둔 지 1년째 되었다는 집.

  '오도이촌'의 목적이 아닌

365일 언제든지 가고 싶을 때 갈 수 있는 시골집을 꿈꾸

었기에 이 집의 선택은 도심에서 가깝고 부담 없는 거리
에 위치하고 있다는 점이 가장 크게 결정적이었다.

급한 결정 때문인지 덜컥 계약 후
1년째 방치되어 있던 집은 하나씩 하나씩 본연의
모습을 드러내며 슬프게도 '희망'이란 단어보다
'절망'에 가까운 순간들이 불쑥불쑥 튀어 나왔지만,
집을 둘러싸고 있는 온통 초록빛의 위안이 있어
다시 힘을 내곤 했다.

실은 160평이 넘는 시골집을 남편과 상의도 없이 덜컥
계약하고, 잔금을 치를 수 있었던 것은 나의 소망을 듣
고, 기동력 있게 추진해 주고 함께해 준 건축하는 동생
이 있었기 때문이었다. 멋진 그녀인, 생각지도 못한 '귀
인'의 도움이 없었다면, 난 이번에도 '포기'하고 말았을
것이 분명했다. 우린 반전세로 보증금도 월세도 리모델
링 경비도 반반씩 부담하기로 하고, 다 쓰러져가는 폐가
를 그렇게 얻었다.

동생은 그곳을 '행락'이라 이름짓고 해보고 싶었던 여
러 가지 건축 시공의 현장으로 활용하며, 불멍을 위한
중정에 '화덕'을 만들고 싶어 했고, 나는 실외보다는 실

내에 관심이 많아 통창을 내고 하나의 조명이 불을 밝히는 따스한 공간의 '티룸'을 만들고 싶다 했다. 서로의 니즈가 겹치지 않아 더욱 좋았고, 우린 그날 이후로 따로 또 같이 하나하나 각자의 꿈을 위해 함께해 나갔다.

　대문이 열려있어 그런지
윗집 아주머니도
옆집 할아버지도
마을 이장님도 오셔서 새로운 이방인들을 낯설어하시면서도 무덤덤하게 반겨주셨다.

　"초록이 너무 이뻐요"라니
"우린 초록만 보면 징글징글혀"라는
대답이 돌아왔다
　난 투박한 말투에 외지인에 대한 무덤덤한 듯한
시크함이 재밌고 흥미로웠다.
이어 '상추 좀 뽑아 드시라'라는 윗집 아주머니의 인정스런 마음도 감사했지만, 오랜 기간 방치되어 여기저기 손볼 곳이 한두 곳이 아닌 거실에 앉아, 시골집에서 처음 해보고 싶었던 [간식 싸와서 먹기]를 실천하며, 자칭 프레드릭으로 빙의하고 말았다.

'감자는 따뜻했고, 얼음 동동 오미자는 시원했다.'

"프레드릭, 넌 왜 일을 안 하니?" 들쥐들이 물었습니다.
"나도 일하고 있어. 난 춥고 어두운 겨울날들을 위해 햇살을 모으는 중이야."

-프레드릭,레오 리오니,최순희옮김,시공주니어,1999.

　이때만 해도 난 구체적인 계획도 없었고, 아무런 대책도 없었고, 무서운 벌들이 위협적으로 날아다니는 소를 키우던 외양간마저도 아름답게 보였던 몽환상태였고, 열심히 일할 생각도 없어, 폐가 중정을 먼지가 덕지덕지 붙은 방충망으로 내다보며 마치 TV에서 VR을 장착하고 혼자 노는 '김대호'처럼 앞으로 꾸며질 미래를 상상하며 신났었다. 하고 싶은 일이 '오조 오억 개'라며 햇살 모으는 일에만 열중하던 나는, 아이들이 어렸을 때 읽어주었던 '프레드릭'에 반해 스스로 나의 부캐로 삼았기에, 더더욱 정리되지 않은 시골집일지라도 급한 것도 답답한 것도 없었다.

지금 생각하니 함께한 행락 동생에게 그저 미안한 마음이 크다. 공사도, 밭일도, 청소도 그리 중요하게 생각하지 못했고, 한동안은 그곳에서 자연 바람을 공짜로 맞고, 캠핑 의자에 앉아 차 마시기를 즐기고, 햇볕을 쬐며 쉬는 것을 더 좋아한 나였다. 그러나 이렇게만 즐기고 있을 일이 아니었기에 내가 제일 먼저 생각한 건, 위협적인 말벌퇴치를 위해 '119 소방관'의 도움을 받는 것이었고, 마당에 가득 들어차 있는 철물들과 쓰레기들을 치우는 일이었다.

동생과 나는 2021년 7월8일 착공식 날짜를 정하고 합심하여 하나하나 '시골집 셀프 리모델링'에 도전했다! 이벤트를 즐기는 나는 삼색 테이프와 가위까지 준비해 가서 신나게 비디오 촬영도 하고, 한껏 신이나 인스타 업로드도 하고, 제사보다 제삿밥에 관심이 많은 천상 자칭 프레드릭이었다. 그런 나를 재밌다며 동생은 다 받아주며 참 열심히도 제 몸을 아끼지 않았고, 여러 가지 건축 시공을 직접 해내며 매번 매번 나를 깜짝깜짝 놀라게 했었고, 급기야 건축사무소를 운영하시는 동생의 남편, 일당을 드리고 모시고 온 대목수님에 인부들까지 동원되는 '셀프라 쓰고 대공사라 읽는 상황'이 되고 말았다. 그 와중에 '안티 조력자'였던 우리 남편은 무심한 척 못마땅해했고, 연일 계속되는 육체노동에 나 역시 하루하루 시들어가며 하루하루가 정말 힘이 들었다. 하필 가장 더운 여름에 착공식을 했으니, 일이 늘어날수록 날은 더 더욱 더워졌고, 우린 연일 계속되는 공사로 몸도 마음도 많이 시들어가고 있었다.

내가 힘을 내서 '신성한 노동'을 하며 버틸 수 있었던 건, 노동 후 맛보는 '바람길'에서 자연 바람의 샤워와 무엇보다 힘이 되었던 나의 귀인 '행락 동생 부부'가 있었기에 이 모든 일들이 가능했다는 사실이다.

지금 생각해도 그 힘든 과정을 어찌 버텼나 생각해 보면 주위에서 몸으로 도와준다며 흔쾌히 와서 낡은 '서까래'를 같이 닦고, 중정의 화덕을 손수 놓고, 외양간의 벽을 직접 조적하며 함께했던 동생의 친구들! 멋진 그녀들이 없었다면 나의 신성한 노동은 그저 힘들고 하기 싫은 그야말로 막노동으로 끝났을 듯하다. '저러다 말겠지' 했던 남편도 나의 신성한 노동에 신뢰가 조금씩 생겼는지 조금씩 조금씩 자발적으로 현장에 참여하기 시작했고, 그 외에도 우리를 도와주시는 분들은 한 분씩 한 분씩 늘어 어느새 폐가는 동생의 행락으로, 나의 파랑새로 조금씩 모습을 갖추어가기 시작했다.

흙바닥이던 중정에 거금을 들여 '현무암 판석'을 놓던, 정말 더운 여름에 난 공사하는 인부들을 보며 '저러다 쓰러지면 어쩌나'라는 걱정에 안절부절 하지 못했고, 마음이 불안하고 떨려서 현장에 있기가 힘들었다. 그걸 눈치챈 행락 동생 부부는 나를 차에 태워 목수님 댁에 놀러 가자 하여 '차라리 안보는 게 속은 편하겠다'라는 마음에 따라나섰다. 그곳에서 목수님 사모님이 우리들의 시골집 이야기를 들으시고 '일일화'라는 화분을 잘 키워 보라며 선물해 주셨는데, 일일화를 검색해 보니, '매일 한 송이씩 꽃이 피어나며 매일 매일 꽃이 피고 지고를 반복하여 일일화'였다.

선물을 주시며 세상엔 '홀로되는 것은 없다.'라는 말씀을 해 주셨는데 그날 이후 난 두고두고 이 말을 가슴에 새기며 살아가고 있다.

개인주의 성향이 강한 나는 사실 혼자 있는 시간이 없으면 함께 있는 시간이 조금은 어려운 사람이고, 나만의 세계를 침범받는 것도, 상대방의 세계를 간섭하는 것도 좋아하지 않는 성향이라 많은 시간 홀로가 편한 사람인데 뭔가 펑! 하는 깨달음이 왔던 순간이었다.

자연이든 사람이든 미물이든 진짜 홀로되는 것은 없음을 그 후로 더 많이 깨닫게 되었다.

쓰러져가는 폐가에 온기를 불어넣어 주시고, 진심으로 걱정해 주시고 응원해 주신 여러분들이 함께 계셨기에 우린 '행락과 파랑새'로 즐거움을 누리며 훨훨 날 수 있었음을 인정하며 모든 분께 큰 감사를 드린다.

'홀로되는 것은 없다!'

2021년
7월8일
착공식🤍

우리 둘이서
너무 재밌어
ㅋㅋㅋ

*아름다운 남의 밭, 미소 천사 할머니

"여기 살러 온겨?"
"아니요. 할머니~저희 여기 사는 집은 아니구요~"
"이잉, 그럼 둘이 동성연애하는 겨?"
"네? 어머나…아니에요. 할머니"

　구순이 넘으신 이웃 할머니의 신박한 질문에 웃음이
빵 터졌던 날, 등엔 땀이 줄줄 흐르고 얼굴은 땡볕에 익
어간 기억보다, 가지런한 의치를 입안 가득 드러내시며
활짝 웃으시던 미소 천사 할머니의 모습만 지금도 내겐
또렷하게 남아있다.

'동성연애'
1년 동안 비어있던 폐가에 어느날 느닷없이 여자 둘이
나타나 머슴처럼 일하며 왔다 갔다 하는 모습이 한적한
시골의 일상에 파란을 일으키며 '저 여자들은 뭐지?'라
는 의구심이 누군들 왜, 들지 않았겠냐마는, 우리가 들
었던 말 중에 가장 신박했던 구순 할머니의 '동성연애'

라는 단어가 그때 난 왜 그토록 '낭만적'으로 들렸는지
는 모르겠다.

  '맞아요 할머니 사실은 저 파랑새랑 깊은 사랑에 빠졌
어요!'라고 고백하고 싶었으나 더 깊은 오해를 설명하기
엔 미소 천사님의 귀가 이제는 잘 안 들리셔서 깊은 이
야기는 나눌 수 없었고, 이해하시기 쉽게 차근차근 시골
집의 용도와 행락 동생과의 관계를 설명해 드렸으나 다
음에 또 우리를 만나면 다시 물으신다.

  "여기 둘이 살러 온겨?"

  그 뒤로 우린 남편들과 함께 왔다 갔다 했고, 할머니
는 그 모습을 보시더니 그제야 "아~ 각자 남편들이 있구
먼" 하신다. 그래도 여전히 '집 놔두고 왜 여기와서 저
고생을 하나'라는 눈빛으로 또 물으신다

  "집 고쳐서 여기 살러 온겨?" 라고 …….

동성연애라는 말은 그날 이후로 싹 사라졌지만 구순의 할머니는 아직 귀도 들리시고, 하루도 쉬지 않고 밭일을 하시고, 얼마나 아름다운 밭을 아들 내외와 함께 가꾸시는지 볼 때마다 감탄이 나온다. 무엇보다 호기심이 많으신 귀여운 할머니를 내 맘대로 '아름다운 남의 밭, 미소 천사 할머니'라 긴~이름을 지어드리며, 그날 이후 우리는 나이를 초월한 친구가 되었다.

"난 티브이도 '우리말 나들이' 같은 거 봐, 드라마 같은 거 안 봐"라고 말씀하시는 눈엔 '총기'가 여전하심이 느껴졌고, 여기저기 시골집 붐이 막 일던 시기라 언뜻언뜻 들려오던 전국의 시골집 이웃들의 텃세 때문에 곤란을 겪는다는 사연도, 나에겐 '미소 천사 할머니'와 이웃집 동갑내기인 '가을 맘' 덕분에 걱정 없이 잘 이겨낼 수 있었다.

아름다운 남의 밭뷰.
그리고 끝없이 펼쳐진 아름다운 남의 논뷰.
이 모든 것이 내 것이 아닌들 어떠하리...

나는 이곳에서 새롭게 태어나, 자유롭게 자연과 노닐며 맘껏 상상하며 새로움을 꿈꾸며, 갱년기와 팬데믹을 이겨나가는 중이다.

새 소리, 닭 소리, 개 짖는 소리까지 정겨운 이곳은 집에서 '자동차 전용도로'를 달려 25분이면 도착하는 도심 근교의 비현실적인 시골집이자 나에게는 '파랑새'인 나만의 꿈의 공간이다. 이토록 평화로운 우리 동네에 정말 귀여운 나의 '아름다운 남의 밭, 미소 천사 할머니'가 살고 계신다.

*논뷰로 출근합니다

「나는 오직 하나의 자유를 알고 있다.

그것은 정신의 자유이다.」

-생텍쥐페리

　결혼 후 나는 온전히 '가정주부'였고, 출근은 하기도 싫었지만, 하지도 않았다. 세월이 흘러 '엄마와 집사람'이라는 역할에서 조금은 벗어나 나에게 주어진 시간이 넘쳐날 때 '백수'라고 하기엔 어딘지 억울함이 많아 난 늘 '돈은 못 벌었지만, 아이들 열심히 키우고 가정 잘 꾸렸다.'로 방점을 찍으며 스스로 나의 인생 2막을 설계하고, '당당한 백수'를 즐겼다. 그러나 노는 것도 '돈과 시간과 재미'가 있어야 했기에 마음의 부담을 조금이라도 덜기 위해선 돈을 벌고 싶었다. 출근이란 걸 갑자기 하고 싶었고, 나도 타서 쓰는 생활비가 아닌 나 스스로 벌어 쓰는 그런 '경제적 자유'를 누리고 싶었다. 그 소망을 위해

무려 5년 동안 얼마나 많은 동네 골목길을 직접 걸으며, 고민하고 머릿속으로 상상하며 상가를 구하고, 상상 속에서 가게를 오픈하고 좋아하는 일을 하며 돈도 벌고 행복했던지… '착각은 자유'이기에 '정신의 자유'를 만끽하며 아쉽지만, 후회는 없는 시절을 보냈었다.

나의 징징거림에 결국, 남편은 말이라도 사업 자금을 대주기로 하고 우린 곧 닥쳐올 검은 그림자의 기운을 느끼지도 못한 채 이탈리아로 가족 여행을 떠났다.

2020년 2월 귀국하기 하루 전날 베네치아에서 감지한 미미한 이상 기류만으론 '코로나19'가 앞으로 세계 여러 나라를 어떻게 잠식해 나갈지, 그때는 정말 상상도 못했었다.

아직도 잊을 수 없는 여행 후 집으로 돌아와 뉴스로 보았던 직전에 다녀온 '이탈리아의 코로나 참상'은 우리 가족 모두에게 충격과 안타까운 기억으로 함께 한다.

여행 중 수강 신청 기간이었던 딸냄은 코로나로 한 학

기 휴학을 결정했고, 돌려받은 학자금은 고스란히 남편이 내게 주는 선물이 되어 명품 가방을 사든 마음대로 쓰라고 했다.

그때 남편은 해외여행도 다녀왔고, 용돈도 두둑하게 주었으니 '상가를 얻겠다'라느니, '책방을 하겠다'라느니 하는 말은 당분간 안 하리라 생각하는 듯했다. 하지만 나는 마음이 더 복잡해졌고, 코로나는 하루가 다르게 심각해져 일단은 상가를 얻지 않은 건, 정말 신의 한 수라는 생각은 했었다.

나이 50 넘어 쥐어 보는 '500만 원'이란 큰돈에 순진한 건지, 멍청한 건지 난 소름 돋게 놀랐고, 그 귀한 돈을 명품 가방에 쓰고 싶진 않았다. 때마침 우리나라 증시엔 '동학개미'라는 신조어가 연일 이슈였고 그야말로 '코로나 관련주'가 상상 초월로 치솟던 시기였다.

내 손에 들어 온 500만 원은 고스란히 동학개미의 종잣돈으로 그 쓰임의 몇 배 성과를 내고만, '소가 뒷걸음

치다 쥐잡은 격'이자 2배이상의 결과로 나에게 행운을 안겨 주었다.(나는 정말 운이 좋았고, 겁많은 나는 차익 실현 후 바로 주식통장의 돈을 현금화 했기에 그후 주식장이 폭락했을 때도 아무런 문제가 없었다. 인생에 세 번의 기회가 온다는데 확실하게 한 번은 나에게 온 것이 틀림없었음을 인정하는 바이다)

그렇게 남편이 준 종잣돈에 나의 운으로 부풀린 현금으로 시작된 '나의 파랑새'
난 일취월장했고, 내 꿈은 '논뷰로 출근합니다'로
꿈처럼 눈앞에 실현되었다.

'꿈꾸는 파랑새'

나는 늘 새 가되어 자유롭게 훨훨 나는 꿈을 꾼다.

누군가는 이런 철없는 나에게
'새들이 비가 올 때, 쉴 곳이 없으면 얼마나 비참한 줄 알아요?'라고 했을 때도 난 머릿속 가득 꽃밭이었기에 돈도 못 버는 쓸데없는 출근에 '논뷰로 출근합니다'라는 슬로건을 걸고 여기까지 올 수 있었다.

2021년 6월 25일 이후로 이어진 나의 파랑새 출근길은 도심에서 잠시만 벗어나 자동차 전용도로를 기분 좋게 달리면 '논뷰로 출근합니다'가 절로 멜로디처럼 떠오르며, 나를 '파랑새 하길 참 잘했다'라며 스스로 응원하고 '오늘도 파랑새를 찾았다'라며 자유롭게 만들어 주었다.

마스크를 쓰고, 거리 두기를 하며, 떨어져 사는 가족조차 만나기 어렵고, 여행도 외식도 만남도 취소되어, 자유롭지 못했던 팬데믹의 시절을 나는 '시골집 파랑새'로 내 마음대로 출근하고 내 마음대로 퇴근하며, 마스크조차 쓸 필요가 없었던 비현실적인 자유를 만끽할 수 있었다.

무엇보다 둘째아이 고등학교 졸업 후 다시 장롱 면허로 돌아갈 뻔한 나의 운전 실력도 자동차 전용도로를 맘껏 달리며 갱년기 또한 날려 버렸다는 사실에 만족한다.

좋아하는 음악을 크게 들으며, 아름다운 남의 밭과 논 뷰를 달리는 출, 퇴근길! 뻥 뚫린 그 길이 나의 앞날을 말해주는 듯 얼마나 행복했던지!

논뷰로 출근하며 기록해 둔 논뷰의 사계는 아름다운 남의 논이지만 내 마음도 덩달아 신기하고 풍요로웠고, 출근길 잠시 멈춰 '출근 인증샷'을 찍을 수 있는 여유로움도 내 몫이라 감사했다.

때론 아침에 때론 저녁에, 비가 오고 눈이 왔고, 바람도 불고 구름이 떠다니던, 꽃길과 흙길을 가르며 달리고 달렸던 다채로운 나의 출근길!

자연의 사계절을 온전히 느낄 수 있었던 '논뷰 출근길'은 나이 50이 넘어 이제야 자연의 품에 안긴 중년 여인의 무모한 도전이 있었기에 가능했음을 나는 안다.

돈을 벌려고 출근했으나, 그저 '논뷰로 출근합니다'는 말만 남긴 꼴이 되고 말았지만, 나의 삶에 후회는 없다. 이렇게 다시, '당당한 백수'로 돌아온 나는 오늘도 돈 안

되는 일을 하며 자유롭게 살고 있다.

  세상엔 돈으로 살 수 없는 일이 많다는 걸 이미 알아버렸다. 나의 목표는 오로지 '지출'을 줄여보는 일이다.

  더없이 자유롭다.

*엄마의 꿈을 응원합니다.

'꿈'의 사전적 의미는 다음과 같다.
1. 잠자는 동안 일어나는 심리적인 현상의 연속
2. 실현시키고 싶은 희망이나 이상
3. 실현될 가능성이 아주 적거나
　　전혀 없는 허무한 기대나 생각

-다음 한국어 사전

　내가 입버릇처럼 자주 발음하는 단어 중 하나가 바로 '꿈'이다. 꿈의 사전적 의미 중 물론 2번을 말하는 것이지만, 때론 꿈속에서만 이루어지는 1번일 때도 많다. 거기다 싫어하는 3번 의미 '꿈 깨'도 물론 포함이다.

　아이들의 꿈을 키우고 응원하는 시기를 거쳐왔고 그렇게 각자의 꿈을 키워 온 아이들이 이제 엄마를 사랑스럽게 응원한다.

　유행가 가사처럼 어머님은 짜장면이 싫다고 하시고,

엄마는 꿈이 없는 사람이었고, 자식들 밥만 잘 먹어도 내 배가 부르고, 눈에 넣어도 안 아픈 내 아이들이란 말엔 거부감이 든다. 나는 엄마이지만 짜장면도 좋아하고, 아직도 꿈이 많고, 자식들 밥 잘 먹으면 좋지만, 내 배는 부르지 않다. 거기다 아이들이 많이 커서 눈에 넣으면 아프고 그러기에 그러진 못할 것 같다. 그 속에 담긴 함의를 이해 못 하는 게 아니라, 그렇게 강요 받아오고 길들어 가는 엄마의 삶이 속상하다.

'번아웃 증후군' (burnout syndrome)
기력을 소진한 상태. 한 가지 일에만 몰두하던 사람이 신체적 정신적인 피로를 느끼며 무기력증과 자기혐오, 직무 거부 등에 빠지는 증상. '연소 증후군' '탈진 증후군' 등으로 불리기도 한다.

-다음 영어 사전

  번아웃 증후군은 돈을 버는 직장인 포함, 예술가, 작가, 연예인 등 집에서 가정을 돌보는 주부에게도, 특히 경력 단절을 감수하고 '독박 육아'를 하는 여성과 아이들을 성인으로 잘 자라도록 20여 년간 키워 온 엄마들에게도 '육아 번아웃'은 크게 온다는 게 통계로도 나와 있는 사실이다.

 '빈둥지 증후군'이라고 자책하고 싶진 않았다.
그런 헛헛한 감정들을 이겨내고 싶었다.

 한 인간을 잉태하여 열 달 동안 뱃속에 품고, 탯줄로 연결된 생명체를 무사히 안전하게 태어나 주기만을 노심초사하며 기다리고, 탯줄을 끊고 세상 밖으로 나온 내 아이를 내 분신인 양 애지중지 길러내는 일! 우리 윗세대들은 묵묵히 해오던 이 일을 나는 생색내며 '내가 이렇게 위대한 일을 해낸 사람이구나!'라며 이젠 모두 성인인 된 아이들에게서 조금은 '거리두기'를 하며 나의 인생 2막에 집중하고 싶었다. 지쳐 누워 있을 시간도 없고, 매일 매일 '파랑새'로 날아들고 싶은 생각에 가슴은 다시 콩닥콩닥 뛰기 시작했고,
돈을 떠나 맘껏 자유롭고 싶었다.
 별 탈 없이 잘 자라 준 아이들은 이런 엄마를 누구보다

잘 이해해 주었고, '엄마의 꿈을 응원해요'라는 문구가 선명한 케이크를 준비해 '깜짝 가족 파티'를 열어 주었다.

아이들과 나의 든든한 물주이자 츤데레인 남편을 변함없이 사랑하고 나도 모두를 응원한다. 내가 그토록 '가족 완전체'를 노래하던 사람이었는데, 때로는 각자의 새로운 꿈과 각자의 삶에 몰입하는 시간이 꼭 필요함을 절실히 알아가는 과정이다.

그날 밤, 꿈이 실현된 '파랑새'에서 그렇게 꿈꾸던 통창으로 떨어지는 하나의 조명 아래, 동그랗게 모여 앉아 엄마의 꿈을 응원해 주던 '동화 속 사람들' 같았던 우리 가족이 여전히 불을 밝히며 내 마음속에 고이 간직되어 있다. 깊은 감사가 빠질 수 없는 아름다운 밤이었다.

"제가 생각하기에…잠, 그리고 꿈은…숨 가쁘게 이어지는 직선 같은 삶에, 신께서 공들여 그려 넣은 쉼표인 것 같아요!"

-달러구트 꿈백화점, 이미예, 팩토리나인, 2021.

55

꾸는 꿈이든, 품는 꿈이든, 깨는 꿈이든 '꿈'이란 단어를 나는 몹시 사랑한다.

*서까래 열풍(TV 출연 제안)

「재앙의 소용돌이 속에서 배운 것만이라도, 즉 인간에게는 경멸해야 할 것보다는 찬양해야 할 것이 더 많다는 사실만이라도 말해두기 위하여」

-페스트, 알베르 카뮈, 김화영 옮김, 민음사, 2020.

팬데믹의 여파로 IT 업계를 중심으로 '재택근무'가 하나둘 늘어나고 나아가 '디지털 노마드' 시대가 유행하던 그즈음 전국엔 '시골집 열풍'이 들불처럼 번져, 여기저기 폐가를 손수 리모델링 하는 일이 잦았고, 특히 30대 젊은 부부들을 포함 4, 50대까지도 용기 있는 결정과 무모한 도전으로 급기야 텔레비전 방송에서도 하나둘 죽어가던 폐가들이 용기 있는 자들에 의해 새롭게 태어나는 모습들을 자주 볼 수 있었다.

나 역시 파랑새를 시작하며 '인스타그램'에 '논뷰로 출근합니다'라는 슬로건 아래 '폐가의 심폐소생술 과정'

을 낱낱이 올리며 #시골집으로 연결된 전국의 인친님들과도 소통했었다. 정말 눈으로 보고 글로 읽어도 믿기지 않는 시골집 변신 과정들이 꿈처럼 촤라락 펼쳐져, 가면 갈수록 나 역시 에너지를 얻으며 분발할 수 있었다.

　그러나

시간이 갈수록 끝은 보이지 않고, 체력은 하루가 다르게 바닥을 드러내고, 모든 것이 산 넘어 산!

사실 힘들고 지쳐갔다.

머릿속은 좀 더 나은 공구를

이용하고 싶었고

머릿속은 힘들게 직접 말고

돈으로 인부의 도움을 받고 싶은 마음이 가득했다.

나도 안다.

알지만

돈. 돈. 돈.

돈이 주인인 세상.

　오늘 현실 자각에

힘들어서 울고 말았다.
  한바탕 울음이
카타르시스가 되었고 앞으로 나아가는 힘이 되었지만,
고독한 질주 …….
  진정 내면의 내가 원하는 삶은
결코 만만치 않으며 힘겨운 게
사실이다.

  시골집을 보수하며
예산이 안목이고
서까래를 사랑하지만
눈동자로 떨어지는
흙모래기 현실인 …….

  그간 힘겹게 이겨온 감정들이
맥없이 무너졌던 어느날.
축 처진 어깨로 귀가한 나에게
현명한 딸냄은 강한 위로를 건넨다.

"엄마!

그걸 이겨내야

다음으로 갈 수 있어!"

난 딸냄의 그 말이 고마워서

밀린 설거지를 하며 '쏴아~ 쏟아지는 물소리' 속에서

원 없이 울고 말았다 ·······.

내 안의 나약한 나도, 또한 나라는 사람이기에

딸냄의 진심 어린 충고와 위로가 감사했다.

잘하고 있고

잘 해왔고!

딸램의 응원에 잘할 수 있다 믿기에 버틸 수 있었다.

#시골집 #촌집 #촌캉스 넘쳐나는 해시태그 속에서 김지영 작가의 글을 읽으며 '우린 꼭 시골이 아니라 그 어떤 무엇을 가슴 속에 품고 사는 게 아닌가?'라는 글에 공감했다.

  코로나와 상상 초월의 집값 상승으로 하나둘 경기도로 지방으로 급기야 귀촌으로 이어지고 있는 이런 현상들의 이면엔 가진자의 낭만보다는 그 반대의 먹고사니즘의 문제가 커다란 상처처럼 도드라져 보이는 것도 사실이다.

　다들 낭만을 노래할 때 당장 오늘 저녁 먹거리와 따뜻한 보금자리가 필요하다면 시골의 불멍은 오늘 내가 만들어낸 쓰레기를 태워야 하는 일에 불과할 수도…….
누구에게나 달의 뒷면이 있듯
이 나이쯤 되어보니 세상의 뒷면도 눈에 들어오기에
사색과 독서를 멈출 수가 없는지도 모르겠다.

　그럼에도 불구하고 우린 끊임없이
자유로움을 꿈꾸고 행복을 찾고
꿈과 희망을 노래하는 인류이기에
팬데믹이라는 기간에도 창의롭게
저마다 살아갈 궁리를 하는 건 아닌지!

　이런저런 심란한 생각도 잠시, 유튜브나 인스타그램에선 이미 넘치도록 이슈화된 '시골집' 이야기들이 서서히

공영방송에서도 하나둘, 프로그램으로 제작되어 본격적으로 방송되기 시작했다. 아니 이미 그 전부터 방송이 되고 있었을지라도, 내 눈에 띄기 시작한 것이 그즈음이라고 해야 정확한 표현이다.

 2021년 11월 1일.
생각지도 못한 'EBS 한국 기행' 방송 작가님께서 파랑새 소식으로 가득한 나의 인스타그램을 팔로잉하시고, 티브이 출연 제안 문자를 보내주신 날! 그간의 힘듦이 마법 가루처럼 흩어지며, 몸 둘 바를 몰랐다. 그야말로 '서까래 열풍'으로 행락 동생의 친구들과 '세월과 무심의 먼지가 가득한 서까래'를 닦던 그 시간을 보상받는 기분이 들며 들떴다. 그러나 '안티 조력자'인 남편의 깊은 생각을, 너그러운 내가 헤아려 작가님께 정중하게 거절의 의사를 전했다.

 아쉬움이 없었다면 거짓이려나… 그 뒤로 또 한 번 2022년 8월 17일, 이번에는 'MBC 생방송 오늘 저녁' 프로에서 섭외가 왔었고, 난 이번에는 가족들과 상의 없이 정중하게 스스로 거절했다. 두 번의 섭외와 두 번의 거절. 그 뒤로 나는 시골집 인친님들이 나오는 방송을 보며 일방적인 내적 친밀감을 느끼며 마치 내일인 양 즐겁고 신기하게 방송을 시청하며 댓글도 남겼다.

'텔레비전 출연 섭외의 정중한 거절'
지금 생각해도
'남편 말 듣길 참 잘했다!' 한다.

두 번의 섭외만으로도 나는 그 이상의 설레는 신남을 이미 다 누렸기에 후회는 없고 추억만 가득하다.

'서까래' '시골집' 한때의 유행처럼 번지는 들불이 아니라, 화덕에서 오래도록 지펴지는 불씨처럼 살아남아 꺼졌다가도 다시 은은하게 지펴지길 소망해 본다.

*파랑새 책 모임

"우리처럼 작은 존재가 이 광대함을 견디는 방법은 오
직 사랑뿐이다."
이 문장을 실제로 만들어낸 사람은 엄마다.

-우리, 이토록 작은 존재들을 위하여, 사샤 세이건, 홍한
별옮김, 문학동네, 2021.

　시골집 공간은 어느 정도 정비가 되었고, 이제 이 공간
에서 좋아하는 사람들과 '무엇을 나눌 것인가?'라는 의
견을 행락 동생과 나누며, 남편의 조언대로 '월, 수, 금'
과 '화, 목, 토'로 날짜를 나누어 각자 하고 싶은 대로 공
간을 활용하고, 일요일은 격주로 돌아가며 자유롭게 사
용하기로 했다.

　한 공간을 둘이 나누어 쓴다는 생각보다 나는 일주일
에 세, 네 번을 나만의 공간으로 활용할 수 있음에 더없
이 설레고 계획이 많았다.

5년 동안 생각하고 묵혀 두었던 하고 싶은 일들이 머릿속에 하나, 둘 떠오르며 제일 먼저 '파랑새 책 모임'을 하고 싶었다. 사실 실외 리모델링을 먼저 시작하며 지난한 과정이 육체적으로 힘들었고, '내가 좋아하는 실내는 언제쯤 완성될까?' 하루하루 고민도 커가는 시간들이 었다. 그럴 때마다 마음을 다잡고, 주말엔 가족들과 여전히 엉망인 '있는 그대로의 시골집'을 즐겼었고, 특히 세월의 흔적이 고즈넉이 묻어나는 '뒤란'을 우리 가족은 제일 좋아하게 되었다. 그래도 나의 작은 공간인 '통창에 떨어지는 조명 하나'의 티룸이 완성되었을 땐, 난 거의 실내에서만 '파랑새'를 즐겼고, 실내를 장식하고 꾸미기에 여념이 없었다. 그렇게 나의 정성이 고스란히 담겨있는 작은 공간에서 '파랑새 책 모임'이라니!

꿈은 현실이 되어 내 눈앞에 펼쳐져 있었고, 내가 마음속에 고이 간직해 두고 있던 북리더 분을 모셔 오기에 모든 준비는 끝나 있었다.

그녀를 만나기 전, 난 무슨 말부터 어떻게 해야 할지 몰랐지만, 나의 확신은 몽글몽글했다.

드디어 그녀들이 온다.

  초록이와 장독대가 보이는 통창으로 하나의 불빛이 떨어지는 원탁이 놓여있는 미니멀 티룸에서, 첫 책으로 우린 그 유명한 '코스모스'의 저자인 '칼 세이건의 딸' '사샤 세이건의 '우리, 이토록 작은 존재들을 위하여'라는 책과 함께했다. 그녀들이 도착하기 전 난 머릿속으로만 생각하던 '독서 창가 꾸미기'를 실현했고, '파랑새 책 모임'을 위해 텃밭에 떨어져 있는 감나무잎을 색깔별로 모아 창가에 장식했다.

  그렇게 데뷔한 '파랑새 책 모임'은 그 뒤로 한 분 한 분 회원이 늘어 이제는 동그란 테이블이 꽉 찬 상태에서 책 모임을 즐겁게 이어나갔다. 물론 선정된 책에 따라 한 달에 한 번 독서 창가를 꾸미는 일은 나의 커다란 즐거움이었고, 살아있음을 느끼게 하는 꿈의 실현 공간이었다. 완독 후 책의 모티브를 잡아 독서 창가를 꾸미던 그 시절이 정말 나의 '화양연화'가 아니었나 한다. 북리더 롤라님의 방대한 독서량과 스마트한 큐레이션으로 우린 평소에는 접하지 못했던 책들을 함께 읽을 수 있었고, 전직 편집자다운 책 나눔으로 회원님 모두가 만족했던 롤라님의 '파랑새 책 모임'에 다시 한번 깊은 감사를 전해본다. 그즈음 '사람의 인연은 신비로워라' 했던 정말 생각지도 못한 전화를 한 통 받게 되었는데, 우리 아이들 초등학생일 때 살던 아파트의 '앞집 언니'였다. 인스타그램에서 우연히 보고 책 모임을 하고 싶다며, 친구분들까지 모시고 '파랑새'에 방문하시겠다는 내용이었다. 그렇게 또 하나의 '파랑새 독서 모임'이 결성되고, 격주로 파랑새엔 '파랑새 책 모임'과 '파랑새 월독 모임'이 열리게 되었다. 나는 신이 나서 한 달에 두 권씩 꼬박꼬박 선정 도서를 읽어내며, '독서 창가'를 어찌 꾸밀지 행복한 고민을 했고, 그 즐거움이 넘쳐 책도 술술술 잘 읽히는 1석2조의 효과를 만끽하며 한동안 즐거웠다. 거기에 정말 나만의 공간이 생기면 꼭 해보고 싶었던 '파랑새 낭독 모임'까지 일사천리로 멤버 구성이 되어, 정말 꿈 같은 시절을 보냈다.

지금 생각하면 도저히 혼자의 힘으로는 이루어 낼 수 없었던 결과였고, 순수한 마음 가득 안고, 주차시설도 없는 열악한 공간에 큰 불만 없이 날아와 주신 아름다운 그녀들이 함께했기에 가능한 일이었다.

실내 곰팡이 피해로 불과 몇 개월밖에 누릴 수 없었던 우리들의 '파랑새 책 모임'은 롤라님께 잘 전해드려 지금도 여전히 '롤라 북스'로 그 빛을 반짝반짝 빛내고 있다.

또한 '파랑새 월독 모임'은 그 후로도 장소를 바꿔 계속 이어져 오다 나의 개인적인 집안 큰일로 긴~방학에 들어갔으나 지금은 열정적인 '앞집 언니'가 잘 이어가고 있다.

그러나, 나의 실험적인 '파랑새 낭독 모임'은 아쉽게도 이어가지 못했고 지금은 추억 속에만 남아있다. 공간이 생긴다면 그리도 해 보고 싶었던 '여자들 연대의 시간' 캔들 라이트에 시 낭송, 좋은 영화 같이 보기, 요리하기 등 거기에 '1박2일 독서의 밤'까지 기획했던 나는 그 많은 꿈을 펼치지 못하고 체념하고 만다.

그 시련의 이야기를 나는 어떻게 기록할 수 있을까?
하지만, 짧고 아름답게 기억될 나의 '파랑새 책 모임'은
영원히 내 마음속에서 '감사'라는 별로 빛날 듯하다.
파랑새에 날아와 함께해 준 모든 아름답고, 지적인
그녀들에게 짙은 향기의 감사를 남긴다.

* 사랑스런 텃밭

"시골이라면 그대와 잘 어울릴 것이다. 나무와 물에게 그대가 필요하게 하라. 곡식이 영그는 땅에 그대의 보금자리를 만들면, 땅과 풀이 그대를 먹여 살리리. 벌판의 바람이 그대를 둘러싸리, 그대를 시기하는 사람들의 질투를 마음에 두지 말고 흘러가게 하라. 신에게 감사하고 축복하는 마음을 가질 것. 그리고 자네. 이제 앉아서 쉬게나."

-투서(Tusser), 좋은 농부가 되는 오백 가지 방법, 1573.

논뷰로 출근하기 전, 매일 아침 습관대로 '아침 독서'를 하던 중 '헬렌 니어링과 스코트 니어링' 공저의 '조화로운 삶'을 다시 뒤적이며, 예전엔 그저 '흘러가게 하라'에 밑줄을 그었다면, 요즘은 이 문장 전체가 내 마음속으로 직진하고 있음을 느낀다.

사실 나는 도시에서 태어나 도시에서 살았기에 시골은

그저 낭만 그 자체였고, 잠깐 머물다가는 건 몰라도 그곳에서 완전히 생활하는 건 지금도 익숙하지 않고, 낯설다.

그러니 여기 '파랑새'는 사는 집이 아니기에 더없이 평화로운 공간임을 솔직히 고백한다. 매일 아침 눈뜨면 날아가고 싶은 나의 파랑새 가장 큰 장점은 도심 근교라는 위치 때문에 만족도가 무척 높다. 시골집이 파랑새로 변신하는 날이면 어김없이 간식을 챙기고 파란색 '말표 고무신'을 챙겨 신는다. 도착하면 닫혀있던 공간을 활짝 열고, 좋아하는 음악으로 채우며, 보글보글 포트에 물을 끓인다. 바로 프레드릭으로 빙의해 무조건 캠핑 의자에 앉아 중정의 네모난 하늘을 보는 일.

> "이보다
>
> 주체적으로
>
> 행복한 일이
>
> 또 있을까?"

파랑새를 다 함께 즐길 때도 좋지만, 온전히 나 혼자 즐기는 파랑새의 시공간은 말로도, 부족한 글로도, 표현할

방법이 없다. 더 잘 함께하기 위해 꼭 나만의 시간이 필요한 나는, 변함없이 반겨주는 자연 속에서 온전히 자유로움을 만끽한다.

차 한 잔과 함께 마음마저 충전된 나는, 그제야 일어나 초록 장화로 갈아 신고 텃밭으로 간다. 각 계절의 싱그러움은 자연스럽다. 인위적이지 않은 텃밭은 더없이 자유로워 좋고, 게으른 초보 농부는 농사를 지을 줄도 모름을 부끄러워하지 않는다.

자연 속에서 자연인이 되는 축복!
전문가가 될 필요도, 농사 박사가 될 필요도 없는, 그저 눈에 담고 마음에 그득그득 담는 그 넉넉함이 좋다.

그렇게 탄생한 나의 1호 밭엔 약을 하지 않아도 잡초를 열심히 뽑지 않아도, 먹고도 남을 채소들이 무럭무럭 자라고, 초보 농부의 실험정신으로 1평도 안 되는 작고 사랑스러운 텃밭엔 온갖 식물들이 서로가 서로를 지지해주며 잡초와 함께 어우렁더우렁 자라가고 있다.

무엇이 더 필요할까?

흙을 만지며 카스텔라 같은 흙의 감촉에 반하고 지렁이
가 함께 꿈틀거려도 놀라지 않는 나는, 이렇게 사랑스러
운 텃밭의 친구이다.

'자~ 이제 물도 듬뿍 주었으니
바람길에 앉아서 마음껏 쉬자.'

 파랑새의 시간은 단단히 고장이 났는지, 두 배로 휙휙
흘러만 간다!

*파랑새 길냥이들

파랑새 주변엔 길냥이들이 많다.

윗집 가을 맘의 말씀으론 1년간 비어있던 파랑새가 원래는 길냥이들의 안식처였다고 했다.

사실 나는 고양이보다는 강아지를 더 좋아했기에 처음엔 조금 무섭기도 했다. 예리한 눈빛으로 '너는 누구냐?'라며 눈빛 레이저를 쏘는 듯했고, 인기척만 나면 줄행랑을 치는 고양이들을 보며 '나 아무것도 안 했는데?'라며 혼잣말을 하기도 했다.

검은 고양이를 처음 본 날로부터 파랑새 주변에서 보이는 고양이들을 세어보니 네, 다섯 마리는 되어 보였다.

문득 '나는 고양이다. 이름은 아직 없다.'로 시작하는 유명한 소설 '나는 고양이로소이다'가 생각났다.

'파랑새 길고양이들의 눈으로 보는 나는 어떤 모습일까?' 생각하니, 자기네들끼리 자유롭게 잘~살고 있었는데 느닷없이 쓰레기를 치우고 우당탕 소란을 피우는 '고양이 집의 침입자'란 생각이 문득 들어 '입장 바꿔 생각해 보자'라며 앞으로 고양이들과도 조금씩 친해져야겠다는 생각이 들었다.

 2021년 7월 13일

드디어 이름 없는 검은 고양이는 내게로 와 '까뮈' 가 되었다. 눈빛과 자태가 남다른 이쁘게 생긴 고양이와 난 처음으로 인연을 맺게 되었다.

 상당히 문학적인 이름의 '카뮈'가 연상되는 '까뮈'

흔한 '까미'가 아니고 '까뮈'를 강조하며 나는 그녀와의 밀당을 시작했다. 바로 고양이 사료를 주문했고, 중정에 그녀를 위한 밥그릇과 물그릇을 준비해 두었다.

그 뒤로 호랑이 무늬를 닮은 냥이에겐 '리틀 타이거'를 줄여 '리타'라고 이름짓고, 얼굴이 예쁘고 가슴 쪽에 무늬가 있는 냥이에겐 '리본이'라고, 또 '까뮈'의 아기인지는 밝혀지지 않았지만, 온통 까만 작고 귀여운 검은 고양이의 출연엔 환호하며 '검은 고양이는 네로지~'라며 추억의 이름 '네로'라고 이름을 지어 주었다. 그렇게 사료와 물을 챙겨주며, 한 마리 한 마리 정을 주다 보니 리타의 아가들까지 탄생하는 소식을 들을 수 있었고, 사귀어보니 윗집 동갑 친구인 '가을 맘'은 마음이 한없이 고운, '유기견과 유기묘'를 돌보는 '캣맘'이었다. 사비를 들여 길냥이들을 돌보고, '희망이와 가을이'라는 두 마리의 유기견을 집에서 책임감 있게 보호하며 키우고 있는 그녀를 볼 때면, 나의 행위는 그저 부끄럽게 느껴질 때도 많았다. 길냥이들의 사료와 물도 내가 파랑새에 갈 때만 챙겨 주었고, 장마철이나 한겨울엔 파랑새에 자주 가지 못해 늘 마음 한편에 미안함이 자라기도 했었다.

고양이들의 입장이 아닌 인간의 편의로 길냥이를 돌보는 일이 마음에 걸렸지만, 가까이 '가을이네'가 있어 이 아이들은 얼마나 안전하고 행복할까 생각하니 가을 맘의 돌보는 마음이 깊게 나에게도 와닿았다.

길냥이들의 생활 반경을 봐도 그걸 느낄 수 있었는데 전반적인 생활은 모두 가을이네 주변에서 하고, 파랑새에는 내가 출근해서 사료를 챙겨주고 가면, 인기척이 없을 때 와서 먹고 가는 듯했다. 그중 까뮈와 리타, 리본이에게는 내 마음이 조금이라도 전달되었는지 곧잘 중정에 나타나, 얼마나 그 모습들이 사랑스럽고 반갑던지…

그러나 인기척만 나면 여전히 줄행랑이었고, 시간이 지나도 길냥이들은 나에게 곁을 내어 주지 않아 많이 아쉬웠다. 여전히 의심하는 듯한 경계의 눈빛으로 다가오지 않았고, 다가갈 수도 없었다. 그저 몰래 유리창 너머로 보이는 모습을 카메라에 살짝 담을 수 있었고, 퇴근할 때 담아주고 간 사료들이 다음 날 출근하면 깨끗하게 비워져 있고 화분에 배설물이 있는 것을 치우며 '다녀갔구나…' 짐작만 할 뿐이었다.

'내가 퇴근하면 너희들이 파랑새를 즐기는구나'라고 생각하니 '그저 누구라도 많이 와서 즐기다 가라'는 넉넉한 생각이 밀려왔다.

그날도 따스한 햇살 아래 가을 맘과 길냥이들에 관해 이야기를 나누다 나에게 냥이 특별식 캔 하나를 선물로 주셨고, 나는 그 캔 하나에 마음이 몽글몽글 순두부가 되어 버린다.
가을 맘의 마음은 늘 이렇게 부드럽고 따습다.

그 마음을 길냥이들은 이미 아는 듯 2023년 여름 리타는 가을이네 지붕 틈이 있는 공간에서 여러 마리의 새끼를 낳았고, 가을 맘은 리타의 산후 관리까지 도맡아 챙기는 모습에 나는 정말 감동하고 말았다.

'아무나 할 수 있을 것 같지만, 결코 아무나 할 수 없는 일'이기에 나는 가을 맘의 한결같은 고운 마음에 늘 감동한다. 어느날 부터인가 '까뮈'의 모습은 보이지 않고 나의 궁금증은 날로 커져 갈 즈음 우린 서로 말없이 추측만 할 뿐 더 이상은 묻지 않게 되었다…

'흔한 일'이라 하기엔
그저 눈치만 보면서 밥도 제대로 못 먹고 줄행랑치던 냥이들의 모습이 오버랩되며 눈잎이 흐려진다. 가을 맘을 알고 나는 출, 퇴근길의 '로드 킬' 당하는 생명들에 대해 운전 중이라도 마음속으로 늘 깊은 애도를 표한다.
내가 그들에게 해 줄 수 있는
'최소한의 예의'라는 생각으로…

어딘가에 꼭 살아있을 '까뮈'가 참 많이도 보고 싶다.

「무사태평해 보이는 이들도 마음속 깊은 곳을 두드려보면 어딘가 슬픈 소리가 난다.」

-나는 고양이로소이다,나쓰메소세키,송태욱옮김,현암사,2018.

*내가 만난 그녀들

사람을 좋아한다.
재미있는 것을 좋아한다.
결국, 나는 재미있는 사람을 좋아한다.

각자 자신만의 톡톡 튀는 색깔로 자신의 삶을 사랑하며, 남들과 다름을 인정하는 그녀들! 몸에 베어있는 배려가 요란하지 않게 묻어나는 그녀들을 만날 때면 나는 감탄하고 만다. 때론 그녀들의 우울과 시니컬한 독특한 개성도 흥미롭긴 하지만, 그래도 나는 그녀들의 빛나는 밝음에 더 호감이 간다는 것이 사실이다.

내가 파랑새에서 만난 여러 아름다운 그녀들 중 제일 먼저 생각나는 나의 '귀인 그녀'! 그녀 힘의 원천에 대해 생각해 본다. 그녀와의 인연은 벌써 27년 전 같은 아파트에서 살던 시절부터 시작되었고, 지금은 부부 모임을 함께하며 남편들까지도 가족처럼 지내는 오래된 인연이다. 아무런 계획도 없이 우연한 기회에 시작된 시골집을 함께 가꾸며 잘 몰랐던 그녀에 대해 조금씩 알아가게 되었고, 그녀 힘의 원천은 '예쁜 말의 배려'임을 알게 되었다. 게으름을 부리지도, 해야 할 일을 미루지도 않는 그녀는 하고 싶은 건축일을 마음껏 척척 해내며 씩씩해 보였다.

  여자라서, 힘들어서, 허리가 아파서, 라는 핑계를 대는 나를 예쁜 말로 위로하며 해보고 싶은 일을 하나하나 해나가는 그녀가 정말 멋있었고 든든했다. 신체적 정신적으로 나약한 나는 그녀를 따라가기에 때론 힘든 날도 있었지만, 공구도 잘 다루고 전기까지 만지는 그녀를 보고 난 대리만족을 느끼며 감사했다. 함께한 그녀가 없었다면 파랑새의 존재는 세상에 알려지지 못한 채 또다시 내 마음속에만 존재하는, 꿈으로 포장되어 있을 것 같아 지금 생각해도 아찔하다. 그런 그녀의 배려는 나누어 쓰는 공간을 내 차례가 되어, 대문을 열 때부터 시작되고, 마치 우렁각시가 다녀간 것 같은 예쁜 배려는 그녀가 지나간 곳곳에 놓여있어 나를 놀라게 했다.

  함께하는 3년 동안 그녀의 예쁜 말 배려가 없었다면 나는 수시로 무너지고 다시 일어나지 못했을지도 모르겠

다. 그녀의 예쁜 말이 있었기에 나는 그녀와 함께 이겨
나갈 수 있었음을 고백하며 씩씩한 아름다움이 멋진 그
녀를 언제나 응원한다.

*한 층만 내려가면 그녀가 있다.

　그땐 왜 그리도 마음이 헛헛했는지…
지금 생각해도 마음이 조여오며 터벅터벅 걷고 있는
나 자신이 아프게 다가온다.
　행궁동 앓이가 심해지고, 꿈과 현실의 차이가 점점 커
져갈 즈음, 나는 주체할 수 없는 마음속 열정을 달래기
위해 동네를 걷기 시작했다. 평소엔 차로 다니는 길을
그날따라 두 발로 걷게 되었고, 자연스럽게 작고 신비로
운 통로 같은 빈티지 가게를 발견하게 되는데 '한 층만
내려오면 다락'이라니! 이상한 나라의 앨리스처럼 토끼
굴로 빨려들어가는 느낌으로 계단을 내려가 만난 그녀
의 첫인상에, 나는 동물적인 촉으로 그녀가 예술가임을
감지했다. 그 뒤로 나는 특히 마음이 외롭고, 하고 싶은
일을 하지 못해서 뛰쳐나가고 싶을 때, 어김없이 다락으

로 향했고, 그녀를 만났다.

항상 한결같은 환대로 따뜻한 차 먼저 인심 좋게 내어주는 그녀, 그녀와 아무런 조건 없이 나누던 대화가 좋아서 다락이 상업 공간임을 망각한 채 그녀에게 빠지고 말았다.

'저는 빈티지를 좋아하지 않지만…'이라는 염치없음을 스스로 고백하기도 했다. 얼마나 황당하셨을지, 지금 생각해도 웃음이 난다. 그야말로 진상 고객이 아닌가? 집으로 돌아오는 길엔 미안함에 빈티지 물건들을 샀고, 그 물건의 가치 이상으로 나는 다락에서 행복했다.

그녀에게 나 역시, 나만의 공간을 꿈꾼다며 지겹도록 고백했고, 급기야 함께 상가까지 같이 가서 봐주시는 수고로움을 감수하는 그녀를 보며 나는 죄송했다.

내 꿈은 그 뒤로도 쉬이 이루어지지 않았고, 다락에서 나누는, 아니 너그러운 그녀가 들어주는 나의 이야기만 늘어 갈 뿐이었다.

몇 년 후 꿈처럼 그녀가 파랑새에 날아오는 날이 비현실적으로 일어났고, 우린 함께 파랑새에서 웃다가, 울다가, 웃었다.

'삶은 누가 주는 선물을 여는 게 아니라, 내가 나에게 주는 선물을 여는 것이다'라고 말해주셨던 그녀.

그땐 완성되지도 않아 다 쓰러져가는 시골집 '바람길'에 둘이 앉아, 자연에 매료되어 같은 풍경을 바라보는데 그녀가 '이 집으로 들과 산을, 바람과 흙냄새까지 들여놓으셨다.'라며 칭찬을 아끼지 않으셨다.

'차경! 바로 그거예요'라며, 나는 신났고 그 뒤로도 우린 각자의 공간을 오가며 시간을 함께 보냈고, 무엇보다 내가 가장 힘들었던 곰팡이 문제로 고민이 많을 때 그녀는 나에게 '이타카'라는 시를 들려주었다.

「길 위에서 너는 풍요로워졌으니,

이타카가 너를 풍요롭게 해주기를 기대하지 마라.

이타카는 너에게 아름다운 여행을 선사했고,

이타카가 없었다면 네 여정은 시작되지도 않았으니

이제 이타카는 너에게 줄 것이 하나도 없구나

설령 그 땅이 불모지라 해도

이타카는 너를 속인 적이 없고

길 위에서 너는 현자가 되었으니

마침내 이타카의 가르침을 이해하리라.」

　집으로 돌아와 '이타카'에 '파랑새'를 대입해 다시 천천히 읽어보니 눈물이 주르륵 흘러내렸다. 고마운 그녀는 나에게 너무나 큰 깨달음을 준 것이다.

　'경청의 힘' 그녀의 아름다움의 비법은 경청이 힘든 시대를 살아가는 우리에게 신선한 아름다움을 그녀만의 방식으로 전한다는 사실이다.

　두 명의 그녀들 이외에도 파랑새에 다녀가신 여러 아름다운 그녀들을 글로 남기지 못해 아쉽지만, 총천연색으로 빛나는 유쾌하고 재미난 그녀들과 함께한 파랑새에서의 시간은, 내 평생 잊지 못할 추억으로 마음속에 각인되어 있음을 알려드린다. 기회가 된다면 '내가 만난 그녀들 2탄'이 나올지도 모르는 일이다.

99

*나의 초록 장화와 파란 고무신

　팬데믹의 여파로 전국엔 '시골집' 열풍에 '호캉스'가
아닌 '촌캉스'가 대세였다. 여기저기 시골집을 리모델링
한 후 그 속에서 즐기는 '레트로 열풍'! 나 역시 리모델
링이 어느 정도 끝난 후, 파랑새 공간을 궁금해하는 지
인들을 위해 '공간대여'라는 대안을 마련했다.

　야심 차게 준비했던 공간대여 프로그램은 불과 몇 개
월 만에 막을 내리고 말았지만, 지금 생각해도 그때의
설렘과 벅참은 한도 초과였다.

　나는 제일 먼저 '말표 고무신'을 주문했고, 파랑새에 걸
맞게 나의 고무신은 파란색으로 주문했다. 그 뒤로 여
러 무늬의 일 바지에 일 모자까지 거기에 나의 시그니처
'초록 장화'는 나와 한 몸이 되어 파랑새 어디를 누비든
늘 함께였다. 급기야 시간이 지나 출,퇴근할 때도, 밥을
먹으러 갈 때도, 늘 나와 함께하며 그 초록빛을 뽐내었
다.

　'나의 초록 장화와 파란 고무신'

이 문장만으로도 나는 문장 속에서 노니는 파랑새가 된다.

'좋은 신발은 좋은 곳으로 데려다준다.'라는 말처럼 나의 초록 장화와 파란 고무신은 나를 파랑새에서도 자연 속에서도 자유롭게 했다.

파랑새 공간 대여는 '무인 시스템'으로 운영하며, 여러 가지 에피소드를 남겼고, 짧은 기간 동안 많은 지인들과 지인의 지인분들, 학교 엄마들, 모임 엄마들, 아는 언니들, 친구들, 가족들, 친척들, 부모님, 후배 부부, 선배 부부, 선배 부부의 아들 며느리에 20대 아들 친구들, 거기에 인스타그램 DM 문의를 통해 와주신 분들까지… 한분 한 분 정말 귀하게 방명록도 남겨 주셔서 파랑새 지기는 태어나서 처음 경험하는 독특한 체험을 하며 행복했었다.

누구에게나 축하받는 시기가 있듯 오랜 기간 백수로 살아온 내가 파랑새를 펼쳐 보이며 얼마나 설레고 의기충만했던지를 그날의 파랑새로 날아와 주신 지인분들은 아시리라 믿는다.

돈을 많이 버는 일은 아니었지만, 파랑새를 궁금해하시고 가능한 날짜에 예약해 주시고, 축하해 주시고, 오셔서 160평의 시골집을 맘껏 즐기시며, 돌아가실 땐 문단속, 불단속까지 사진으로 남겨 전송해 주시는 분들 덕분에 나는 '파랑새 하길 참 잘했다'를 노래했었다.

예약이 있는 전날엔 미리 달려가 실내외를 깨끗이 청소하고, 사랑스런 들꽃을 여기저기 꽂아두고, 마음 담아 작은 메모도 준비하고, 텃밭에서 손수 키운 텃밭 채소를 바구니에 담아 '웰컴 채소'도 만들고, 이벤트방엔 다양한 의상을 준비해 그야말로 엄마들의 놀이터로 재미나게 쉬었다 갈 수 있도록 신경을 썼었다.

'파란 고무신'은 파링새의 시그니처가 뇌어 일 바지와 일 모자에 파란 고무신까지 장착하면 모두가 신나게 인증샷을 찍을 수 있게 되었고, 화덕에서는 불멍과 뒤란에서는 인공 비가 내리는 광경도 즐길 수 있어 다들 신기해하시고 좋아라 해주셨다.

나의 야심작 미니멀 티룸에서는 파랑새 거울을 통한

'인증샷'을 남기시며 즐거워하셨고, 쑥스러워하셔도 모두 '백설 공주 드레스 샷'도 코믹하게 참여하시는 모습에 '베스트 백설 공주 샷' 시상도 할 수 있었다.

텃밭으로 중정으로 뒤란으로, 초록 장화를 신고 바삐 움직이다 보니, 어느새 초록 장화도 그 소명을 다하고 말았다. 다시 새로운 초록 장화를 준비했지만, 나와 오래도록 함께했던 빛바랜 초록 장화에 더 애정이 가는 건, 처음 그 장화를 신고 열심히 뛰어다닌 활기찬 나의 모습이 함께하기 때문일 것이다.

이제는 초록 장화도, 파란 고무신도 예전처럼 나와 함께 하지 못하고 모셔져 있는 날이 많다.

파란 고무신을 신고 바람길에 앉아 셰익스피어의 '한여름 밤의 꿈'을 함께 낭독하던 그 시절이 참 많이도 그립다.

이제는 빛바랜 나의 초록 장화와 파란 고무신......
함께해서 즐거웠고 나를 자유롭게 자연 속으로 데려다 줘서 정말 고마웠다고 힘주어 말해주고 싶다.

*파랑새는 생화 같아

  이 표현을 들었을 때, 내 마음은 그동안의 마음고생을 모두 보상받은 듯 크나큰 위로가 되었다.

  2022년 8월에 내린 비는 80년 만의 폭우로 대한민국 1번지 강남이 물에 잠기는 초유의 사태를 불러왔다. 누구의 잘잘못을 따지기 이전에 무심하고 거친 자연 앞에 속수무책인 인간을 보며 두려움이 앞섰던 건, 비단 나만이 아니었음을 실감하던 밤. 홀로 그 비를 다 맞고 있을 '파랑새' 때문에 더욱 두려웠고, 무서웠고, 작아졌다.

  밤잠을 이루지 못했고, 아침이 되어도 여전히 멈추지 않는 비를 보며 서로의 안부를 묻는 순간에도 마음은 온통 파랑새였고, 불안한 마음에 내 눈으로 보아야 안심이 될 것 같아 바로 출발했으나 이미 가는 길은 통제되었고, 우리 부부는 순리대로 돌아올 수밖에 없음을 인지했다.

이웃이 있어 감사했던 오후, 가을 맘과의 통화로 서로의 안부를 묻고 파랑새도 무사하다는 소식을 들을 수 있었다. 가보고 싶어도 길이 통제되어 갈 수 없음이 안타까웠고, 제발 비가 그쳐 빠른 시일에 파랑새를 다시 만나고 싶은 마음뿐이었다.

시간이 흘러 다시 파랑새로 가는 길엔 여기저기 비 피해로 쓰러진 벼들이며, 텃밭 작물들이 애처롭게 흩어져 있었다.

조마조마한 마음으로 실내에 들어서니 세상에! 오래된 흙집인 파랑새 여기저기 실내 벽엔 온통 푸른곰팡이 꽃이 활짝 피어 있었다. 곰팡이의 습격은 집안 전체에 번져, 온통 벽지는 축축했고, 하물며 가구를 포함 나무로 된 그릇과 시계, 소품, 방석, 의자, 카펫까지 … 난 몹시 당황이 되었고, 아주 슬펐다. 한동안 행락 동생과 원상 복구를 위해 애썼으나 한번 생긴 곰팡이 포자는 날이 갈수록 푸르게 검게 번져 나갔다. 이런 상태에서는 실내 활동이 불가하다는 판단이 되었고, 일단 '파랑새 독서 모임'과 '월독 모임' 그리고 '낭독 모임'은 방학처럼 잠시 쉬어가기로 했다. 그리고 곰팡이 제거에 애를 썼다. 그러나 비가 오고 조금만 습해도 다시 번지는 곰팡이를 보며, 내 마음은 무너지기 시작했다. 그토록 꿈꿔왔던 '파랑새' 실내 활동들을 채 꽃피워 보기도 전에 포기해야 한다니…. 마음고생과 고민이 많던 나는 독서 멤버들에게 양해를 구했고, 나의 모든 계획은 무산되고 말았다. 함께 나눌 수 있어 행복했던 '공간대여'의 꿈도… 결이 맞는 분들과의 '연대의 공간 나눔' 꿈도 모두 한순간에 연기처럼 사라지고 없었다.

1년 만에 눈앞에 벌어진 일이 나는 버거웠고, 앞으로가 문제였다. 160평이나 되는 시골집 공간을 무엇으로 활용하며 나는 이곳에서 다시 행복할 수 있을지… 다시 비만 와도 내 마음은 덩달이 우울하고 축축했다.

아무것도 할 수 없었고, 몸도 마음도 지쳐있던 시기에도 오랜 습관으로 단련해 온 '아침에 눈 뜨면 책 읽기'로 심신의 안정을 찾으려 애썼다. '모닝 독서'로 '경이로운 자연에 기대어'라는 책을 읽는데 그날 아침 이 문장이 나에게 커다란 깨달음으로 다가왔다.

「자연은 어느 편도 들지 않는다.
그보다는 눈부신 경치로 나아가는 길이 되어,
자신의 고통을 버릴 용기를 지닌 사람을 인도한다.」

-경이로운 자연에 기대어, 레이철 카슨외, 민승남 옮김,
작가정신, 2022.

'그래! 다시 용기를 내 보자. 무슨 방도가 있겠지!'
난 그렇게 마음을 조금씩 조금씩 비우게 되었고,
마음 고운 지인분의 말씀대로 '파랑새는 생화처럼 향
기롭게 꽃피우며, 얼마나 행복했었던가!'라고 생각하니
'파랑새 시즌 1'은 '파랑새는 생화 같아'라는 선물의 말
로 아름답게 마무리를 할 수 있게 되었다. 앞으로 우리
에게 다가올 새로운 '파랑새 시즌2'를 구상하며 나는 다
시 설레이기 시작했다.
  '파랑새는 생화 같다'라는 말의 선물은 서툴렀지만 누
구보다 설레이고 행복했던 '파랑새 시즌 1'의 귀한 한 줄
평으로 영원히 내 마음에 새겨져 있다.

2장: 머무르다.

*때문에가 덕분에로

「황병기: 사람들은 기쁨으로 사는 거야. 그런데 진짜 기쁨은 슬픔을 삼키고 나오는 거라야 해.」

-읽을,거리.김민정, 난다 출판사, 2024.

  처연했던 나의 2022년 여름은 가고 어김없이 자연은 언제 그랬냐는 듯 우리에게 햇살로 다시 마음을 녹여준다. 파랑새를 쓸고 닦고 새롭게 정비하며 문득 든 생각은 '논뷰로 출근합니다.'
파랑새 시즌 1 이, 파랑새로 날아드는
'나눔의 기쁨과 설렘' 이 있다면,
파랑새 시즌 2 는, 파랑새에 머무르며
'편안한 우리들의 행복' 어디쯤이 될 것 같았다.

  태풍을 이겨낸 나의 귀여운 1호 텃밭 채소들은 의연하게 태풍은 이겨냈으나 벌레의 습격은 피하지 못한 듯, 자연의 디자인을 뽐내며 '저희들 무사해요'라는 듯 나에게 말을 걸어 주었고, 실험적으로 심어 본 배추는 '쿠사마 야요이'의 동그라미 디자인으로 가득했고, 배춧속에 숨어서 휴식을 즐기던 사마귀도 포착했다.

100% 무농약으로 살아남은 몇 안 되는 작물들이 대견했고, 거기엔 아주 소량이지만 존재감을 뿜뿜하는 브로콜리, 비트, 콜라비, 상추가 땅에 뿌리를 내리며 씩씩하게 자리하고 있음에 놀라웠다.

여전히 2호, 3호, 4호 밭엔 고추며, 상추, 미나리에 부추, 가지, 깻잎에 바질까지.

'그래 무얼 더 바라나?' 그 이상은 욕심이란 생각이 들며 없던 기운이 솟아나 다시 속상해서 외면했던 실내 청소와 중정에서 캠핑 의자를 닦아 햇빛에 말리며, 8월의 느닷없는 긴 장마로 놀란 마음마저도 훌훌 털어 날려 보내며, 그래도 남아있는 질척한 마음까지도 따사로운 햇살에 바짝 말려 보았다.

딸냄의 부탁으로 화분에 키우던 한 줄기 가지 같았던 '복숭아나무'를 시골집 들판에 옮겨 심었는데 그 여린

묘목도 이번 태풍을 잘 이기고, 어느새 놀랍도록 튼튼해져 내년 봄엔 꽃을 볼 수 있을 것 같았다. 이렇게 시련은 사람에게도 식물들에게도 흔들릴 순 있으나, 뿌리를 지킨다면 언제든지 그 시련을 극복하고 새롭게 태어날 수 있음을… 자연 속에서 자연과 함께하며 나 역시 '때문에'가 '덕분에'로 바뀌는 순간을 경험하며 경이로웠다.

'카더가든'의 음악이 울려 퍼지는 중정에서 행락과 파랑새는 오래도록 마치 꿈만 같았던 따로 또 같이의 지난 1년을 회상하며 행복을 나누었다.

'홀로되는 건 없다'라던 그날의 문장을 다시 마음에 새겨 보았던 시간. 앞으로 이곳에 자주 머무르며, 행락 동생과 들기름 촉촉 발라 숯불에 김도 굽고, 활활 타오르는 불놀이 후 자작자작 타는 빛나는 불을 보며 불멍도 할 생각에 다시 '파랑새 하길 참 잘했다'라며 가슴이 설레이기 시작했다.
'미운 곰팡이 때문에가 곰팡이 덕분에'로 이리 쉬이 바뀔 수 있다니 놀라운 순간이었다.

*내가 농부가 될 상인가?

  2021년 첫해 파랑새로 수시로 날아들던 나는 곰팡이로 인한 실내 활동을 할 수 없게 되어 책 모임도, 낭독 모임도, 공간대여도 하지 못하게 되었기에 파랑새에 가는 횟수는 줄었지만, 이제는 주말마다 남편과 함께 작은 텃밭을 가꾸며 파랑새의 여유로운 시간을 즐긴다.

  온전히 장만한 집이 아니기에 아무것도 하지 않아도 월세와 공과금과 정수기 렌탈비는 꼬박꼬박 나가고, 특히나 한겨울을 나기엔 어마어마한 기름값이 요구되는 게 현실이다. 하루하루 비어있는 공간이 아까웠고, 쓸쓸했다. 화려하고 즐거웠던 딱 1년의 세월! 다시 돌아올 수 없음을 알기에 더욱 아쉬움은 커 갔다.

  다시 예전의 나로 돌아와 무기력했고, 불안한 느긋함으로 마냥 아침 시간을 보냈다. 무의식적으로 그냥 늘 듣는 '글렌 굴드'의 음악을 들었고, 커피를 마셨다.

  롤라님이 전해주신 2022년 노벨 문학상 소식에 다시

눈이 초롱초롱해졌고, 일방적으로 아는 사이인 나는 아름다운 그녀를 떠올리며, 2021년 연말에 읽었던 '세월'이 자연스레 떠올랐다.

두고두고 뒤적이리라 생각했던 책을 꺼내 여기저기 뒤적이며 내가 표시해 둔 그날의 감정을 읽는다.
50대에 그녀의 글을 읽게 되어 난 더 좋았다.
요즘 나 역시 중년 이후의 시간을 보내고 있기에 그녀의 글이 예사롭지 않게 훅 들어온다.

「세상을 사는 새로운 방식은 느긋함이었고, 운동화를 신고 편안함을 느끼는 것이었으며, 자신에 대한 확신과 타인에 대한 무관심을 적절히 섞는 것이었다.」

-세월, 아니에르노, 신유진옮김, 1984 BOOKS, 2021.

운동화를 신고 걷고 또 걸으며 작고 소중하고, 아름다운 것들을 보고, 매일 옥상에 올라 하늘도 챙겨보는 느긋함. 얼굴과 몸에 새겨지는 '밀물 같은 주름'을 영원히 막아 낼 순 없지만, '마음의 주름'은 나 스스로 지우며 살

119

수 있음에 오늘도 감사하며 이렇게 나이 들어가고 있다.

문득 니체가 우리에게 던진 질문 '나는 어떻게 본래의 내가 되는가?'에 집중하며 무언가 되지 못한 조급함으로 살아온 삶에 책이 주는 위안이 더해지며, 요즘 주체적으로 즐기는 '느긋함'이 참 좋다. 급변하는 세상엔 권태로움이 머물 자리가 없는 듯, 오늘도 운동화를 신고 걸으며, 아니에르노의 글처럼 자신에 대한 확신과 타인에 대한 무관심을 적절히 버무려 본다.

마음속에 또 하나의 질문이 내게 왔다.
'내가 농부가 될 상인가?'

초보 농부 곱하기 게으른 농부이기까지 한 나는 잡초도 초록이라며 열심히 뽑지 않고 농약은 작물에 분명히 해롭다는 걸 알기에 조금 덜 먹어도 벌레들과 나누어 먹기로 했고, 카스텔라 같은 흙을 만지며, 퇴비에서 나는 원초적인 냄새도 이제는 참을 수 있게 되었다.

'식물과 벌레들이 공존하는 작은 텃밭 세상'에 커다란 거인 같은 유해한 존재가 나타나 주기적으로 약을 하고 잡초를 뽑고, 예쁘고 상품성이 있는 작물만을 취해야 하는 어쩔 수 없는 세상일지라도, 미미하게 그들에게 숨통을 틔워줄

'무해한 인간'이 되고 싶단 생각이 문득 들었다.

이렇게 '파랑새 시즌 2' 나의 확신이 서서히 자리 잡기 시작했다. 미지의 기쁨이 아지랑이처럼 내 눈에는 보이기 시작했고 나는 게으른 초보 농부가 되기로 결심했다.

* 오늘의 수확은 꼭 먹을 만큼만

「춘분 3월21일-낮과 밤의 길이가 같은 날이야.

춘분이 지나면 낮이 밤보다 길어져.

춘분에 밭을 갈지 않으면 한 해 내내 배를 곯는다는 말

이 있어. 밭을 갈고 씨앗을 부릴 때라는 거지.」

-열두 달 한 뼘 텃밭, 글 그림 느림, 보리 출판사, 2022.

  2021년 11월.

나의 첫 텃밭 농사가 생각난다. 무엇이 그리 급했는지,

막무가내로 돌밭을 갈아 '당근'을 심었다.

아무런 정보도 없이 장에서 만난 당근 모종이 이뻐서

나름대로 정성스럽게 심고, 노심초사하며 열심히 물을

주었다. 영양분이 다 사라진 진흙땅에선 심어도 죽을 거

라는 미소 천사 할머니의 예언에도 불구하고 나의 정성

이 고스란히 전해졌는지 녹색 잎과 주황빛을 발하며 당

근은 수확에 이르렀다. 나의 첫 작물이었던 '당근'! 소분

해서 한 폭 한 폭 나누어 심어야 하는 당근 모종을 잘 몰

라서 느낌대로 뭉텅뭉텅 심었고, 꼬마 당근들은 땅속에서 서로 외롭지 않게 얼싸안고 잘 자라 주어 '서로 사랑해 당근'이 되었다.

직접 도전해 보기 전에는 알 수 없는 신비로운 소중한 감정들… 흙을 만지고 정을 주고, 물을 주고, 관심을 보였더니 결실로 다가오는 작물들. 당근을 시작으로, 1호 밭을 갈고 본격적으로 '자유 농법'으로 실험하듯 아주 적은 양의 바질, 루콜라, 애플민트, 상추, 무를 수확해서 직접 먹는 기쁨도 느껴보았다.

글로 배운 '가을은 수확의 계절'이란 문장을 몸으로 마음으로 눈으로 직접 느껴보는 문장의 체험들.
이 또한 자연에서 새롭게 느껴보는 신선한 경험이었다.

내년에는 제대로 책을 보고 텃밭 농사를 지어보고 싶어서 '열두 달 한 뼘 텃밭' 책도 사서 새봄이 오기만을 기다렸다. 나의 실험적 텃밭의 자유 농법에서 좀 더 구체적인 농법을 배울 때가 된 것이다. 그러나 변하지 않는 한 가지 철칙은 '수확은 꼭 먹을 만큼만'이었다. 욕심껏 많이 따서는 다 먹을 수도 없을뿐더러 한 번 먹을 만큼만 따서 신선하게 먹자가 내 생각이었다.

　내가 꿈꾸는 텃밭은 '순환하는 텃밭'으로 약을 주지 않아도 퇴비만으로도 지렁이와 벌레들이 공존하고, 잡초들도 작물과 친구가 될 수 있는 평화롭고 자유로운 텃밭을 꿈꾸었다.

　불가능할 것 같은 일이 기적처럼 일어났고, 나의 밭은 정말로 약을 하지 않아도 잡초를 열심히 뽑지 않아도 지렁이와 벌레들이 공존하고 수확량도 충분히 먹을 만큼 화수분처럼 열리는 밭이 되어 가고 있었다.

　나아가 나는 누구라도 와서 먹을 만큼만 따서 먹으라고 홍보했지만, 거리가 문제인지 자주 작물을 따가는 지인분들은 없었다. 그러나 파랑새 첫해 나의 작은 1호 밭은 오시는 분마다 필요한 만큼 농작물들을 따가시고 공간대여를 예약하신 분들에겐 '웰컴 채소'를 준비해 선물로 드리기도 했으니, 그 기간이 길지 않았음이 아쉬울 뿐이다.

　'춘분에 밭을 갈지 않으면 한 해 내내 배를 곯는다'는 말을 배웠듯이 책을 보고 우리 부부는 해마다 춘분이면

밭을 갈고 손수 퇴비도 뿌리며 한 해 농사를 준비하는, 농사도 책으로 배우는 '초보 농부'가 되어가고 있었다.

꼭 먹을 만큼만 수확해서 그날그날 '오늘의 수확 인증 샷'을 찍으며 자연의 총천연색인 색감에 반해 '오늘도 파랑새 하길 참 잘했다' 한다.

언제 가도 말없이 반겨주는 자연!
아낌없이 주는 나무처럼 주어도 주어도 아깝지 않다는 듯 다음날이면 또 쑥 자라있는 농작물들을 보며 '욕심'은 저절로 고개를 숙인다.

'그래, 꼭 먹을 만큼만!'

초보 농부는 작은 텃밭에서 무한 감사를 배운다.

*자급자족 집밥 한 상

  파랑새 텃밭에서 햇살 가득 받고 자란 '오늘의 수확물'
은 집으로 가져와 가족들을 위한 집밥의 재료가 된다.
부족하지도 넘치지도 않는 딱 먹을 만큼의 신선한 재료
들을 하나하나 정성스럽게 다듬고 씻다 보면 자연의 색
을 대체할 색은 불가하다는 생각이다. 어쩜 이리 저마다
의 이름에 걸맞게 색들도 다 다른지, 미세하게 그러데이
션 되어 있는 자연의 예술성에 경이로운 마음이다.

  아주 작고 사랑스러운 텃밭에서 사계절 내내 끊임없이
색다른 작물들이 자라고 우린 그걸 취하며 신선한 건강
함을 함께 한다.

  하나, 둘 실험적으로 키워 본 작물들이 늘어나고, 생각
보다 잘 자라서 풍성한 먹거리를 끊임없이 제공해 주니
나의 '자급자족 집밥 한 상'은 날로 소박하지만, 총천연
색의 화려함을 더해갔다.

  혼밥을 할 때도 될 수 있으면 '예쁘게 먹자' 생각이기에
가족을 위한 집밥 한 상을 차릴 땐 인스타그램 기록용이
추가되어 더욱 정성에 정성이 더해가는 나에게는 흥미
롭고 재미난 시간이었다.

다음 글은 맛있는 집밥을 만들어 먹은 후, 주방은 초토화인데 인스타그램에 글과 사진을 먼저 올리는 어느 중독자의 일상 글이다.

1탄.

파랑새 식당.

배고프다며 평소보다

일찍 깨어난

재택근무 중인 딸냄을 위해

땀 뻘뻘 흘리며 직접 기른 채소로

'자급자족 집밥 한 상'을 뚝딱 차려 줬더니

앉자마자 잠이 덜 깬 얼굴로

'파랑새 식당 같아~~ '라더니

 *파랑새에서

 나고 자란 것들만

식탁에 내어놓습니다

*주인장이 제일
 잘 먹습니다

*오늘의 베스트는
 오동통한 새우입니다(새우잡이도 해야 하나? ㅎㅎ)

라며 도사 같은 표정으로
웃지도 않고 나를 웃긴다

오늘도 그녀 덕분에 웃는다.

#집밥#여름밥상#직접기른야채#한식#복그릇세트#감
자고구마된장찌개#개그우먼과같이삽니다#자기는안웃
어요#그게더웃겨요#재밌는딸#캥거루족#요즘50대의
현실#부모자식남편#다시파리의시간으로간딸냄#설거
지는누가하노#텃밭에서기른#자급자족채소#너무맛있
어#오늘도한방#오늘도덥다#에어컨풀가동

2탄.

텃밭에서 밥상까지

파랑새 쉬는 날,
늦잠 자고 일어나
텃밭에서 직접 기르고 수확한
열무와 당근, 루콜라, 상추를
아까워서 못 먹다가
오늘 점심으로 만들어 먹었다.

내가 좋아하는 육전을 먹을 만큼만
노릇노릇 굽고(명절에 만드는 전은 하기도 전에 많은 양
에 질리지만, 적은 양에 금방 한 육전은 진짜 맛있다!)

열무 겉절이를 만들고
현미 콩밥을 짓고
루콜라, 상추, 당근, 방울토마토
샐러드에 치즈와 발사믹 식초,

올리브 오일 몇 방울 섞어 소스로
뿌리니 재료 맛이 살아있어 과하지
않아 좋다 그리고
된장찌개 바글바글.

얼마 만에 낮에 딸냄과 함께하는
집밥인지!

직접 수확한 채소의 맛을 천천히
음미하며 먹어주는 딸냄이
아기 새처럼 귀엽다 ㅎㅎ

감탄하며 예쁘게 차려놓고 배불리 먹고 나니
주방은 그야말로 초토화 ㅋㅋ

아~~~ 일류 요리사는 요리만 하던데,
난 언제쯤 요리만 해도 되려나 ㅜ

밥이나 커피나

남이 해 주는 것이 젤 맛있다는 흔한 진리!
널브러진 주방이 말해 주는 듯하다.

#파랑새쉬는날#오랜만에집밥#자급자족#텃밭에서밥
상까지#열무#당근#루콜라#상추#육전#현미콩밥#맛
있다#모처럼딸냄과점심#주방폭탄#발사믹식초#엑스
트라버진올리브오일#치즈#된장찌개바글바글#블루#
맛있다#파랑새하길참잘했다#자연의신비

 이렇게 자급자족해서 밥상을 차려 먹다 보니
콩도 심고, 팥도 심고, 닭도 키우며 달걀도 공급받고 싶
어졌다. 욕심은 끝을 모르고 소까지 키울 태세로 자급자
족의 매력에 푸욱~빠지고 말았다.

 사실은 텃밭도 텃밭이지만 인스타그램의 중독에 빠진
것도 단단히 한몫한 듯하다. 식사 후엔 늘 귀찮아도 차
를 마시며 타샤 튜더의 문장을 생각한다. 손으로 누릴
수 있는 행복에 감사하며! 자, 이제 차도 마셨으니
손으로 설거지하며 '행복하다~행복하다~' 해보자.

"애프터눈 티를 즐기려고 떼어둔 시간보다 즐거운 때는 없지요." "우리 손이 닿는 곳에 행복이 있습니다."

-행복한사람,타샤튜더, 타샤튜더지음,공경희옮김,월북,2006.

138

*소년과 프레드릭

'파랑새 시즌 2'는 작은 텃밭 가꾸기와 무조건 와서 쉬며 놀기였기에 더더욱 자연과 함께하며 자유로웠고, 특히 그토록 벌을 무서워하고 지저분하다며 싫다고 하던 우리 남편도 드디어 조금씩 자연의 아름다움에 스스로 매료되어 이제는 주말이면 '텃밭에 갈까?'라고 먼저 말해주는, 내 마음에 쏙 드는 친구 같은 남편으로 바뀌어 가고 있었다.

우리 부부의 주말 루틴은 일요일 아침이면 함께 콩나물국밥을 한 그릇씩 맛있게 먹고, 특히 주말엔 차 막힘 없는 시원하게 뚫린 자동차 전용도로를 달려 초록 장화를 신고 텃밭으로 달려가는 일이다.

더 자주 함께 웃고, 더 자주 많은 이야기를 나누고, 더 자주 자연으로 들어가 자유를 누릴 수 있는 중년 부부의 힘은 바로 '파랑새'가 곁에 있어 가능한 일이었고, 난 '오늘도 파랑새 하길 참 잘했다' 노래한다.

파랑새를 곁에 두고 머무르는 시간은 점점 늘어나 파랑새 시즌 1에 못다 이룬 꿈의 허상은 어느새 조금씩 파랑새 시즌 2에서 단순하고 재미나게 현실로 하나씩 실현되어 가고 있음을 느낄 수 있었고, 날이 갈수록 만족도는 높아 이제는 주말엔 무얼할까라는 고민 없이 특별한 일이 없으면 파랑새에서 머무르며 '자연인 흉내'를 내며 잘 놀고 있다.

무엇보다 2022년에서 2023년은 파랑새와 함께하며 우리나라의 사계절이 얼마나 세세하게 아름다운지를 마음껏 누릴 수 있었고, 그 자연 속의 일부로 우리가 존재하며 숨 쉬고 있음을 이론이 아닌 실제로 자각하게 되었다.

정작 파랑새에선 해야 할 일이 많고 돌봐야 할 작물들이 점점 늘어나 자칫 신성한 노동이 아닌 힘들고 짜증나는 일이 될 수도 있음을 알기에 우리 부부는 '할 수 있을 만큼만'을 입버릇처럼 노래하며 실내가 아닌 텃밭으로 뒤란으로 중정으로 꽃밭으로 자유롭게 노닐며 각자 자기가 하고 싶은 일을 했다.

특히 나는 거의 바람길 캠핑 의자에 앉아 음악을 듣고 커피를 마시며 작고 미세한 감정들을 누리며 자연의 형상들을 주로 카메라에 담으며 행복했고, 남편은 눈에 보이고 지천으로 널려있는 일거리들을 스스로 찾아 몸을 움직이며 땀을 내고 호스로 물장난하며 신나라 했다.

나는 우리 부부의 매번 다를 것 없는 이 모습이 '마님과 돌쇠'가 아닌 '소년과 프레드릭'이란 생각이 들었다.

대한민국 중년 남자들!
대부분의 가장은 가족을 위해 경제활동을 하며 쫓기는 시간에 건강을 잃어가는 줄도 모르고 가족이란 무게를 양어깨에 짊어지고 한발씩 힘겹게 나아가고 있는 중임을 알기에 우리나라엔 유독 '남자 자연인 시청자'가 많은 듯도 하다.

가슴 속에 풀지 못한 응어리는 남녀노소를 떠나 인간이라면 누구나 그 정도의 차이가 있을 뿐 없을 수는 없겠지만, 내 안의 소년, 소녀를 억누르고 사는 우리 중년의 친구들에겐 '시골집'이 로망이자 대안이 되는 것도 사실이다.

우리가 소년이 되고 다시 소녀가 될 수 있는 공간의 힘은 텃밭과 함께하며 자연 속에 있을 때 더 가까이 다가왔고, 사계절의 논뷰에도, 구름 둥실 파란 하늘 속에도, 사랑스런 텃밭 속 여기저기에도 보물찾기처럼 숨겨져 있었다. 보물은 찾는 사람이 임자라고 속삭이듯이......

하얀 눈이 소복이 내린 파랑새에서
자신이 심어 놓은 '대추나무'에 사랑이 걸렸는지를 매번 제일 먼저 확인하고, 그 하얀 눈을 직접 밟으며 말한다.

"이렇게 아무도 밟지 않은 눈을 밟아 본 건, 아주 오랜만이야"라고
나는 남편의 그런 모습에서 소년을 보았다.

"깻잎들이 신기해~ 밤엔 잎을 이렇게 웅크리고 자고, 아침이면 잎을 활짝 벌리네~ 신기해 신기해"

이렇게 우리는 중년의 나이에도 파랑새에서 '마님과

돌쇠'도 되었다가 '소년과 프레드릭'으로 행복하다.

 사실 나는 '소년과 프레드릭'의 시간을 더 사랑한다.
그런 나에게 동화 속 프레드릭이 수줍은 미소를 띠며

'나도 알아!'라고 윙크해 준다.

" 파랑새는

참

동화 같은

세상이다."

*중정과 뒤란

「나는 많은 시간을 홀로 보내는 것이 바람직하다고 생각한다. 다른 사람과 함께하면 아무리 더불어 있기에 좋은 사람이라 해도 이내 지루해지고 싫증이 난다. 나는 홀로 있는 것을 즐긴다. 고독만큼 마음이 잘 통하는 벗을 만난 적이 없다.」

-월든, 헨리 데이비드 소로, 펭귄클래식 코리아, 2019.

파랑새 중정에서 소로의 '월든'을 다시 읽으며 이번엔 이 문장이 훅하고 가슴에 들어왔다. 마치 내 마음을 고스란히 들킨 것처럼 심장이 뛰기 시작했고, 다시 한 번 고전 속의 문장에서 희열을 느꼈다.

파랑새는 우르르 함께 와서 시끌벅적 즐기는 '중정 파티'와 인공 비가 내리는 운치 있는 '뒤란'에서 숯불에 고기를 구워 먹고 맘껏 떠들며 즐길 때도 환상적이지만, 온전히 홀로 즐기는 파랑새의 고요는 고독이라 하기엔 슬픔 한 스푼이 빠진 느낌이랄까?

파랑새의 '푸른 고요함'을 나는 좋아한다.

  처음엔 무서웠다.

혼자 차를 타고 시골길을 달려 정비도 되어있지 않은 시
골집에 들어가 캠핑 의자를 펴고 커피 한 모금 마시는
순간부터 불안은 늘 함께했고, '툭. 딱. 퍽' 소리를 내며
지붕 위로 감이 떨어지는 소리에도 혼자 소스라치게 놀
라며 멈칫했었다. 그런 나에게 남편은 '절대 혼자는 가
지 마라'고 걱정했었고, 그래도 말을 듣지 않고 혼자 가
는 나에게 혼자 가더라도 윗집 가을이네 엄마랑 티타임
도 하고 점심도 같이 먹고 같이 놀라고 신신당부한다.
혼자만의 시간이 꼭 필요한 나는 사실 처음엔 건성으로
만 알았다 대답하고 파랑새로 날아가 온전히 혼자의 시
간을 즐기고 싶었다. 그러나 쫄보인 나는 아주 작은 소
리에도 소스라치게 놀라는 나 자신이 싫었다. 거기에 사
람이 없는 줄 알고 살금살금 소리 없이 다가와 사료를
먹는 길냥이들을 발견하면 서로 놀라는 지경까지 되었
으니… 아공 아무리 중정이 좋고 뒤란을 사랑해도 마음

의 불안은 멈추질 않아 행복하지 않았고, 결국 용기 내어 가을 맘을 찾아가 우린 그날 이후로 동갑내기 친구가 되었다.

이웃이 윗집에 살고 있다는 사실만으로 나의 불안감은 조금씩 사라졌고, 예전엔 내가 파랑새에 도착해서 주차만 해도 심하게 짖던 가을이가 요즘은 먼저 가을아~ 라고 부르며 다가가면 자기 엄마랑 친구라는 걸 아는 듯 신기하게도 많이 짖지 않는다.

늘 닫아 두었던 대문을 활짝 열고 '가을아~'라고 부르며 파랑새에 왔음을 은근히 동네에 알리면, 옆집 오리는 꽥꽥 푸드덕~ 닭들은 꼬끼오~개들은 멍멍 목청껏 짖으며 알은체한다.

특히나 새들이 운다가 아닌 파랑새의 새들은 정말 오케스트라처럼 연주한다는 표현이 맞는 것 같다. 그 새소리 바람 소리 … 뒤란의 인공 빗소리를 듣고 있으면 이 모든 것이 비현실적으로 느껴지며 장자의 '호접몽'이 떠오른다.

'내가 나비인지 나비가 나인지 알 수가 없다.' 신선놀음이 따로 없는 몽환적인 이곳이 도심을 벗어나 25분만 달리면 펼쳐진다는 사실이 나는 지금도 신기하기만 하다.

 꽃밭을 자유롭게 날던 나비가 중정으로 날아와 살포시 앉았다가, 물소리를 들었는지 뒤란으로 나풀나풀 날아간다.

 모든 것이 꿈결이다.
나는 혼자가 아니라 이 모든 자연과 함께
파랑새에 머무는 것이다.

153

*새들의 지혜

"당신은 지금 내가 하늘을 날 수 있다고 말씀하시는 거예요?" "나는 그대가 자유롭다고 말하는 것이다."

-갈매기의 꿈,리처드 바크, 류시화 옮김, 현문 미디어,2013.

 '일찍 일어나는 새가 벌레를 잡는다.'라는 문장보다 '가장 높이 나는 갈매기가 가장 멀리 본다'라는 문장이 나는 더 좋다. 이 문장은 좀 더 먹고사니즘을 벗어난, 자유로움이 느껴져서이다. 하지만 가장 높이 날기 위해선 얼마나 뼈를 깎는 노력이 필요할까? 높은 이상을 가지고 높이 날기 위해 노력하는 갈매기 '조나단'의 모습에서 평생 꿈꾸던 자유를 본다. 새들은 날개가 있어 자유를 상징하지만, 실제 새들도 영역싸움으로 무리에 속해서는 자유롭지만은 않을 것이다.

 파랑새엔 정말 다양한 새들이 많이 날아오는데 특히

'참새와 까치'는 너무 흔하고 그 외에도 독수리 까마귀 제비 거기에 무리를 지어 다니는 푸른색의 '물까치'까지 날아드는 날엔 '어머 파랑새야~'라며 호들갑스럽게 반가워한다. 이미 나에게 물까치는 '파랑새'로 보이는 착시현상으로 나의 환상을 깨고 싶지 않기 때문에 억지를 부려보곤 한다. 있을 수 없는 엉터리 같은 일이지만 나는 파랑새에 대한 환상이 있기에 어쩔 수 없다. 조류학자들께 죄송하다는 말을 전하며 나의 물까치는 은유적 표현의 파랑새임을 밝혀둔다.

커다란 감나무가 세 그루나 있는 나의 시골집 파랑새는 특히 까치들의 안식처이자, 주황색 감이 주렁주렁 탐스럽게 익어가는 가을엔, 마치 '새들의 장터'라도 되는 양, 그들만의 언어로 소란스럽다.

'여기야 여기~ 여기가 맛집이야~'라는 듯, 친구들을 부르고, 우르르 몰려와 부산스럽다. 그 모습을 가만히 지켜보노라면 어쩜 그리 다정스러운지 절로 웃음이 난다.

새들의 언어는 통역이 안 되어 그 진실은 알 수 없지만,

결코 서로 많이 먹으려고 다투는 소리도, 혼자만 먹으려고 욕심부리는 소리가 아님을 느낌으로 알 수 있다.

　무엇보다 새들에게 배우는 놀라운 지혜는 먹을 만큼만 먹고 욕심 없이 날아간다는 점이다. 사람의 욕심은 끝이 없어 주렁주렁 달린 감을 다 따지 못해 아쉬워하고, 썩어서 버리더라도 농작물은 함부로 나누지 않는 현대인들을 보며 우리는 정말 늙어 죽을 때까지 자연 속에서 스스로 깨달음의 도를 닦아야 한다는 생각이 들었다.

　문득 '파랑새 월독 모임' 때마다 통창 밖으로 날아와 우리들에게 '파랑새의 희망'을 보여줬던 '물까치'의 고마움이 나를 의식의 흐름대로 파랑새 미니멀 티룸으로 데려간다.

정말 오랜만에
카페 방에 불을 켰다……

'오늘도 파랑새를 찾았다'를 새긴

친구의 선물 액자에 다시 환하게
지나간 추억들이 하나둘 불을 밝힌다.

  차 한 잔의 여유도 없이 잠깐 머물다 나오며
다시 바깥 밭의 초록으로 향했다.

미련 없이 돌아섰다면
거짓이다.

그래도 그 감정 고이 접어
가슴에 넣고 자연과 행락 동생이 가꾼
꽃밭으로 나오니 가슴이 탁 트이며
다시 신선하다.

  어쩜! 초록 시대 지금을
여기서 누리는 내가!
또한 이~ 순간이 감사요,
꿈꾸는 파랑새임을!

건너편 땅만 사서 두고 법망을 피해 블루베리 나무만
잔뜩 심어 놓고 돌보지 않는 이웃 땅의 블루베리는
설움을 터질 듯 부풀리며 오늘도 주인을 오매불망하는
듯, 그 빛깔이 아름답게 서글프다.

　그러나
덕분에 주변 새들은 남의 밭 블루베리를 천진스럽게
따 먹으며 행복에 겨워 '보라색 똥'을 찍찍 싼드아~
　세상 참 재밌다.
#시골집#촌집#생명력#새들의지혜
#자연이주는새똥철학

*파랑새에 자주 날아들던 물까치

159

*노을 퍼레이드

"한 날은 마흔네 번이나 해넘이를 봤다 아잉교!"
"아제도 알끄다...... 그래 슬프모 누구든동 노을이
보고 싶은기다."

애린왕자,갱상도,앙투안 드 생텍쥐페리,최현애옮김,이
팝, 2021.

　하루의 일과를 마치고 넋 놓고 해넘이를 보는 걸 좋아
한다. 보고 싶어도 365일 매일 볼 수 있는 것도 아닌 해
넘이를 하루에 마흔네 번이나 보다니, 동화 속 어린 왕
자의 슬픔을 헤아리기도 전에, 나는 너무너무 부럽고 만
다.
　나에게 해넘이는 해돋이보다 더 좋은 나의 최애 자연
과의 신비로운 교감이다.
　무조건적인 희망을 노래하는 듯한 다소 부담스러운 눈
부심의 쨍함인 '해돋이'는, 내 평생 손가락으로 셀 정도
이지만 나의 해넘이 의식은 손으로 셀 수 없을 만큼 많

고 소중하게 저장되어 있다. 나는 젊고 어렸을 때도 노을을 좋아하고 사랑했었다.

삶이 내 마음대로 안 되어 슬플 때, 햇살의 쨍함보다 왠지 힘내라고 위로의 말을 건네는 듯한 노을이 왜 그리 눈물 나도록 좋았던지……. 나에게 노을은 슬픔보다는 위로이자 위안으로 '하루를 잘 살았다'로 치환되어 마치 놀이동산 퍼레이드처럼 화려하고, 아름답게 와닿는다.

지금도 내가 만약 집을 짓는다면 나는 '서쪽으로 창을 내겠소'가 확실하다. 그런 의미에서 처음 폐가를 둘러보며 허물어져 가는 흙벽을 헐어 꼭 서쪽 창을 내고 '노을방'이라 이름짓고 싶었다. 행락 동생 덕분으로 나는 소를 키우던 외양간의 서쪽 벽을 터서 원하는 노을 방을 갖게 되어 얼마나 기뻤던지! 오랜 시간 비어있어 쓰레기로 꽉 찬 공간에 벌들의 천국이었던 처음의 외양간을 생각하면 지금도 아찔하지만, 세세하게 꿈꾸고 머릿속 생각들을 하나하나 추진해 가며 꿈을 만들어 가는 과정은 귀한 경험이 되어 우리에게 큰 기쁨과 만족감으로 돌아왔다.

파랑새의 시간은 단단히 고장나 언제나 시간은 두 배 이상의 속도로 흘러갔고, 퇴근 시간이 겹치면 늘 두 배 이상 막히는 귀갓길이 겁이 나, 그 좋아하는 노을을 마음껏 즐기지 못한 것 같아 지금도 늘 아쉽다.

'난 앞으로 파랑새에 머물며 몇 번의 노을을 볼 수 있을까?' 나의 노을은 슬픔보다는 '퍼레이드 같은 위로'이기에 보아도 보아도 매번 다를 노을 퍼레이드는 내 삶의 장소를 떠나 앞으로도 계속될 것이다.

특별했던 파랑새의 노을을

　　　　　　나는 아주 많이 사랑했었다.

*오늘도 파랑새를 찾았다

이웃집 할머니: "정말이냐? 정말? 이걸 내게 주는 거냐?

　　　　　　　지금 당장? 아무 대가도 없이?"

틸틸: "네.네. 빨리 가 보세요…….

　　　색깔이 변하기 전에요."

-파랑새, 모리스 마테를링크,김주경 옮김,시공주니어, 2020.

'꿈꾸는 파랑새!'

5년 만에 꿈을 이루어 낸 파랑새 공간으로 날아와, 그동안 머무르며, 난 참 많이도 설레이는 비현실적인 시간을 보냈다. 마치 '메타버스(metaverse)' 속 가상 공간을 누비듯 풀밭 위를, 텃밭 위를 둥둥 떠다니며 나는 또 얼마나 많은 꿈을 꾸었던가? 그러던 중 곰팡이의 시련은 해마다 어김없이 찾아왔고, 좌절하고 내려놓으며 이겨냈고, 꿈을 펼쳐 보지도 못한 채 대안으로 시작했던 '파랑새 시즌2'는 신의 한 수처럼 나를 더 편안하게 성장시켜

주었다.

해마다 여름이면 엄청난 장마가 나를 멈추게 했고, 2022년부터는 아버님의 병세가 더 악화하여 파랑새로 날아가 쉬는 날도 점점 줄어만 갔다.

여러 상황이 힘이 들어 도피하고 싶었던 어느날, 헌책방으로 향하는 버스 안에서 정신없이 꿈을 찾아 헤매던 그 시절 눈여겨보았던, 빈 상가에 어느새 '도자기 공방'이 입점해 있는 것을 보게 되었다. 반가운 마음에 무작정 버스에서 내려 찾아간 그곳에서 '오늘도 파랑새를 찾았다'를 외쳤다. 공방 선생님과 이런저런 이야기를 나누며 꿈을 좇는 사람들은 돈을 많이 벌 수는 없어도 그 이상의 행복감을 연료 삼아 오늘도 앞으로 나아감을 함께 이야기하며 큰 위안이 되었다.

파랑새에 가지 못하는 시간 동안 도자기를 배우며 꼭 만들어 남기고 싶은 파랑새 모양의 시골집 도자기를 빚었다.

흙으로 빚은 도자기가

한 달만에 온전한 모습으로 나왔다.

나에겐

뜻깊고 의미 있는 작업이었고 파랑새를 빚기 위해

도자기 공방에 갔는지도 모르겠다.

뭉클한 이 느낌!

　내가 꿈꾸는 파랑새는

어떤 모습이었을까?

　낡은 폐가에 숨결을 불어 넣고 돌보는 사이, 꿈과 열정
이 담겨 마법 같은 공간이 펼쳐졌고 함께 나누었다.
시작부터 그토록 반대했던 남편에게 "아빠 걱정마
길어야 1년이야~"라는 예언을 날렸던 딸냄의 말대로
딱 1년! 정말 꿈같은 1년이 '반짝'하며 지나갔고, 본의 아
니게 이제는 한가득~~ 인스타그램의 피드 속에만 남은
지나간 추억들과 함께한다.

　이제 와

후회도 미련도 없는 건

파랑새 책 덕분이다.

　파랑새를 찾아 떠났던
틸틸과 미틸이 집으로
돌아와 그토록 찾았던
파랑새를 선뜻, 이웃 할머니에게 내어주는 모습이
난 무척 인상적이고 감동이었기에
그 마음을 이제는 알 것 같다!

　우리는 간혹 책을 직접 읽지 않고 다~~아는 이야기라
착각하는 오류에 빠지고, 나 역시 듣는 귀가 닫혀있을
때가 많음을 안다. 파랑새의 아름다운 결말은 결국 아무
런 대가 없이 소중한 걸 선뜻 줄 수 있는 마음에서 오는
걸 책을 직접 읽고 행간을 즐기며 알게 되었다.

　'행복 행복' 입으로만 찾는 행복이 아닌, 나만의 짜릿한
행복을 추구하며 나누고, 나 또한 선뜻 행복을 나눠줄
수 있는 꿈꾸는 파랑새가 되고 싶다!

여전히 삶이 글이 되는 순간순간을 꿈꾼다.
새장 밖을 나와 자유로이 노니는 파랑새처럼
나는 오늘도 내일도 파랑새를 찾는 기쁨을 누리는 삶을
살아갈 것이다. 모든 것은 내 마음에 달려있다.

　순간, 마음속에 숨겨 둔 꼬마전구가 '반짝' 빛나며
이 모든 일들이 앞으로도
가능해 보인다.

171

3장: 날아가다.

* 겨울 파랑새

「첫눈이 차가운 대지 위를 나풀나풀 날아다닌다. 전위예
술처럼 내리는 눈은 땅에 머무르지 않고 핑그르르 세 번
돌다가 공중에서 두 번 춤추고 훌쩍 다시 떠난다.」

-그리움의 정원에서, 크리스티앙 보뱅지음, 김도연옮김,
1984 BOOKS, 2021.

 해마다 첫눈이 오면 이 문장이 떠올라 '아침 독서'로 제
일 먼저 이 책을 찾아 다시 천천히 읽어본다.
 모든 문장이 나는 파랑새 같다! 어쩜 나에겐 '첫눈' 같
았던 파랑새...... 지금은 언제 나에게 그 시절이 있었나
싶을 만큼 비현실적으로 생각되지만, 분명히 그 시절은
나에게 왔었고 우린 함께 파랑새에 날아들어 머물며 행
복했던 시절이 있었다.
 '처음과 끝은 닿아 있다'라는 문장을 생활 속에서 자주
느끼는 요즘, 이제는 파랑새를 자유롭게 날아가도록 놓
아줘야 할 것 같다.

작년 겨울(2023년)엔 유독 많은 눈이 내렸고, 특히 파랑새는 여러 번 새하얀 눈으로 포옥 싸여 분단장한 새색시처럼 곱고 그 자태가 수줍은 듯 아름다웠다.

서툰 운전자에겐 비가 많이 와도, 눈이 많이 내려도 논두렁 외길은 운전하기 쉽지 않아 비나 눈이 오면 당장 파랑새로 달려가고 싶은 마음이 넘쳐나도 늘 망설임이 앞선다.

<내리는 첫눈을 어린아이처럼 즐기고 싶다.>

'걱정이 온통 흰 눈으로

잠시나마 덮이길......

그 눈 녹아

민낯이 드러날지라도

지금

이 순간만은

하얗게

가리워지길......'

-윤슬

나도 모르게 첫눈을 보니 어쭙잖은 시 한 편이 머릿속에서 흘러넘친다……

사계절의 파랑새를 몇 해 동안 향유하며, 혹독한 겨울이 가면 새봄이 어떻게 먼저 시작되는지 더욱 미시적인 감정으로 느낄 수 있었고, 겨울 논뷰를 보며 애처로움보다는 오히려 '땅의 쉼'과 '의연함'이 전해져 자연을 보는 눈이 달라졌다.

한곳에 뿌리를 내린다는 것! 나무들만큼 변함없는 것이 있을까? 100년 200년 1000년 이상을 그 자리를 지키다 사라지는 나무들… 계절의 변화를 온몸으로 이겨내며 자리를 지키는 농작물들… 파랑새에서 자연을 보며 '변화무상함 속에서도 변함없음'을 배운다.

'카톡 카톡'
눈이 내려 미묘한 감정이 교류되는 상황에서 올해도 변함없는 가을 맘의 '눈 내린 파랑새 풍경'을 선물 받는다.

첫해부터 지금까지, 파랑새에 가지 못하는 장마철에

도, 내리는 눈이 환호에서 걱정으로 바뀌는 순간에도 가을 맘의 카톡 선물은 나의 마음을 파고들어 이상하게 아리게 감사하다.

동갑내기의 조건 없는 순수함이 나의 마음을 감동시키고, 올해는 특히 이별이 묻어나서 더 그런 듯하다…….

이미 그 마음 담겼는지, 왜 유독 올해 선물은 눈물이 가득 고였는지 모르겠다.

눈이 온다며 설레는 마음을 함께 나누며 차를 마시던 나와 딸냄은 가을 맘의 '겨울 파랑새' 사진과 카톡 메모에 그만 울고 말았다.

사람과 사람의 만남엔 헤어짐이 동반되는 게 세상의 이치임을 알지만, 만날 땐 헤어짐을 미리 예측할 수도 없고 헤어질 즈음의 불현듯 먼저 찾아오는 틀리지 않는 예감은 마음의 준비도 없이 이미 마음속에 들어와 있다는 …….

무어라 감사의 말을 또 어떻게 전해야 할지… 한동안 나의 생각은 그동안 가을 맘과 나누었던 '길냥이들과 유기견들'의 이야기에 가닿았고, 언제 가도 반갑게 아무런 경계 없이 순수한 눈빛으로 나를 반겨주시고, 텃밭 일도 같이 도와주시고, 뭐라도 나누어 주시려는 그 마음… 정이 폭 들고 말았다.

떠나가도 놀러 오라는 가을 맘의 마음 받아 나는 언젠가는 '예전의 파랑새'라는 전설 같은 이야기를 동갑내기 친구와 나누며 변함없는 하늘과 감나무 아래 지나간 추억을 나눌 수 있을 듯하다.

'그때

　　　정말

　　　　　　고마웠다'라고 …….

179

*파랑새는 누가 돌보노?

「로마에는 그런 유적들이 발에 차일 정도로 넘쳐난다. 어디를 가든, 어디에 서 있든 각양각색의 풍경들이 펼쳐진다. (중략) 더구나 너무 많은 것을 보고 너무 많이 감탄한 나머지 저녁이 되면 피곤해서 기진맥진한 상태인데 말이다.」

-괴테의 이탈리아 기행,괴테 지음,박영구 옮김,푸른숲,1998.

   이탈리아 로마에 가기 전 괴테의 이탈리아 기행을 읽다 말았다. 벽돌 책에 내용도 너무 방대하여 덮어 두었는데, 이탈리아 베네치아에 두 번 다녀와서 다시 이 책을 꺼내 읽어 보았다. 흘려보냈던 이 문장이 이번엔 왜 그리 공감이 되었던지⋯ 웃음이 나왔다. 실례지만 괴테가 인간적으로 느껴져 나는 더 좋았던 것 같다.
   2023년은 정말 감정의 소용돌이 속이었다. 오랜 지병으로 시아버님이 영면하셨고, 많은 비가 내려 다시 파랑새는 곰팡이 천국이 되었고, 많은 눈이 내린다는 핑계로 파랑새는 조용히 방치되었다.

야심 찬 '파랑새 시즌2'의 시작은 또다시 이렇게 여러 가지 사정으로 피어나는 듯했으나 멈추고 말았다. 이제는 정말 마음의 준비를 단단히 해야 할 시기가 왔고, 행락 동생과 진지한 상의하에 우리는 시골집을 떠나보내기로 합의하고 소식을 주인께 알렸다.

2021년 6월 25일부터 2024년 3월 29일까지!
소로가 월든에 살며 전원생활을 했던 '2년 2개월'보다는 긴 '2년 9개월'의 기간 동안 우리는 시골집 폐가에서 행복했다.

'왜 아쉬움이 없겠는가?' 그러나 나는 도저히 집을 새로 짓기 전엔 불가한 곰팡이와의 싸움에서 이미 졌고, 여러 가지 사정들이 한꺼번에 몰려오며 쉬고 싶었다. 예전처럼 돌보지 못한 파랑새는 날로 허물어져 갔고, 파티가 끝난 후의 무대처럼 치워야 할 꽃가루만이 이리저리 지저분하게 널려있는 뭔가 허탈하고 쓸쓸한 공간에서 나는 오래 머무르지 못했다. 실내는 눈에 보이지 않는 곰팡이 포자에 잠식되어 두렵고 무서워서 예전의 평화로움은 사라진 지 오래였다. 닦아도 다시 올라오는 곰팡이의 끈질긴 집념에 나는 그만 포기하고 말았다.

그렇게 '파랑새는 누가 돌보노~~~'라는 마음속 짐을 숨긴 채 나는 두 번째 이탈리아 여행을 떠났다.

「사람이 드나들지 않게 된 집은 마치 선반에 놓인 채 잊힌 복숭아나 같았다. 순식간에 상하고 녹아버린다.」

-여름은 오래 그곳에 남아, 마쓰이에 마사시, 김춘미옮김, 비채, 2020.

머릿속엔 폐가를 처음 만났을 즈음 읽었던 이 문장이 여행 내내 함께하며 나의 파랑새 걱정을 대변했다.

그럼에도 불구하고 여행은 즐거웠고 미루어 두었던 '크루즈 여행'이라는 버킷 리스트도 직접 경험으로 체험할 수 있어 행복했다.

양가 부모님이 모두 살아계셨던 우리 부부에게 아버님의 부재는 지금껏 살면서 느껴보지 못한 상실의 감정이었기에, 자의에 의해서 '모든 책 모임'을 중지하고 가족과의 시간에 몰입했다. 아버지를 잃은 아직은 여린 남자사람에게 조그마한 힘이라도 되어주고 싶었고, 우리 부부는 많은 시간을 함께하며 다시 파랑새로 날아들어 편안하게 머물렀다.

중정에는 남편이 좋아하는 트로트가 흐르고, 소중히 옮겨 심은 '남편의 대추나무'에 사랑이 걸렸는지 확인하고, 딸냄의 복숭아나무가 청소년기처럼 하루가 다르게 쑥쑥 크는 모습에 감탄하며, 우리는 밭에서 꽃밭에서 뒤란에서 소소한 일상의 행복을 나누었다.

일상의 소중함은 작고 아름다운 꼬마전구처럼 우리 머릿속에 반짝하고 다시 빛났고, 쉽게 잊히지 않을 아버님과의 추억들은 우리 둘의 이야기 속에 자연스레 자주 반복되며 기억 속에 새겨지고 있었다.

마음적인 여유 공간의 부족으로 정해진 독서 모임 책이 아닌 그날그날 마음이 이끄는 대로 '아침 독서'를 하며 늘 마음 한편에는 '파랑새'가 있었고, 그러했기에 추모의 시간들도 이겨낼 수 있었다.

 파랑새 중정에 울려 퍼졌던 남편을 위한 선곡
조용필의 '킬리만자로의 표범'과 남편이 좋아하는 김태연의 '바람길' 그리고 들으면 아버님 생각에 눈물이 맺히는 안예은의 '상사화'까지 우린 음악을 들으며, 파랑새 중정에서 서로 말없이 치유의 시간을 보낸다.
 '파랑새는 누가 돌보노?'가 아닌 파랑새가 우리를 돌보는 그런 축복을 받으며 우리 부부는 한동안 중정에서 말이 없었다. 남편 덕분에 '트로트'를 즐기다 보니 내가 좋아하는 발라드보다 농밀한 감정이 느껴지며 나 역시 정수라의 '도라지꽃'에 빠지고 말았다.

 파랑새 텃밭에서 처음 보라색 도라지꽃에 반해 무례하게 꺾고 말았던 나의 욕심을 반성하며, 도라지꽃 가사에 파랑새를 넣어 흥얼거려 본다.

'다시 봄날이 오면 봄날이 오면 나는 나는 아프지 않고 그대 사랑 안에서 뿌리를 내린 도라지(파랑새)꽃이 될 래요.'

-정수라, 도라지꽃 가사 중.

189

* 보스턴 고사리의 부활

「처음에는 아주 천천히 자라지만, 막바지로 갈수록 빨리 자란다. 자라는 게 눈에 보일 정도로 그렇게 빨리. 그것이 나무가 되는 걸 보지 못할 거라는 내 생각은 옳았지만, 양치식물일 때의 모습을 지켜보는 즐거움은 과소평가했다.
사기를 잘했다.」

-어떻게 늙을까, 다이애너 애실, 노상미 옮김, 뮤진트리, 2018.

   시골집 리모델링이 어느 정도 마무리가 되어갈 때쯤 친구네 식구들을 초대했다. 우리는 손님맞이로 들떠 있었고, 중정을 꾸밀 꽃과 식물들을 사러 농원으로 향했다.
   너무 많은 종류의 꽃과 나무들 사이에서 고민하다 우린 각자 사고 싶은 것을 골라 보기로 했다.
내 눈에 들어온 건 '보스턴 고사리'였다. 연두를 머금은 초록빛과 그 풍성한 싱그러움에 반해 데려온 '보스턴 고사리'는 그 후 파랑새의 시그니처 식물처럼 잘 자라 주었고, 나 역시 애정어린 손길로 자주 물을 주며 늘 그 푸르름에 안정감이 들었었다. 식물들 역시 햇빛과 바람과 물과 진심 어린 마음이 있어야 잘 살아갈 수 있음을 또 한 번 인정했고, 어디에 두어도 잘 어울리는 보스턴 고사리 화분을 보며 사기를 잘했다는 생각이 늘 함께했다.

   그렇게 푸르던 식물이 점점 시들기 시작한 건 2023년이었다. 식물도 동물도 작물들도 사람의 기운을 받고 관심을 받아야 잘 자란다는 건 이미 알려진 사실이지만 이렇게 갑자기 빛바랠 줄이야 … 한동안 멍하니 서서 흑백사진으로 변해버린 것 같은 '보스턴 고사리' 앞에서 돌보지 못함이 미안하고 자주 찾지 못함이 또 미안했다.

   그렇게 잊히나 했던 식물이 오랜만에 다시 파랑새에 들렀을 때 부활하고 말았다. 그 순간이 지금도 찌릿하게 전해온다. 아파트 베란다에 두었다면 벌써 흙과 화분을 분리해서 재활용했을 텐데, 소생할 거란 생각보다는 바쁘다는 핑계로 구석에 밀쳐두었던 죽은 화분에서 다시 초록이가 살아나 존재감을 알리다니!

　작은 일에 의미 부여가 많고 감동이 잦은 내 성격 덕도 있지만 이건 정말 기적 같은 호들갑이 아닐 수 없었다. 여기저기 이 소식을 알리며 인스타그램에도 소식을 올리고 다시 돌보니, 보스턴 고사리는 지금도 생명력을 유지하며 새봄을 기다리고 있다.

　참 기특하고 놀라운 일이다. 그날 트렁크에 실려 함께 온 식물들은 대부분 사라지고 지금은 존재하지 않는다. 유일하게 살아남아 부활한 보스턴 고사리가 좀 더 힘을 내라고 마지막까지 나를 위로하는 듯하다.

*결단이 필요해 (나만의 책 만들기)

「어느 순간 속으로부터 '결단이 필요해!'라는 외침이 들려왔다. 나는 단호해지기로 했다. 단톡방에서 나오겠다는 의사를 밝히고 그 방에서 나왔다. 그랬더니 거짓말처럼 마음속에는 평화가 찾아왔다.」

- 붉은토끼풀이 내게로 왔다, 김건숙 글, 바이북스, 2024.

  가만히 앉아 작가님과의 인연을 생각해 본다.
마음속의 헛헛함을 채우지 못해 참 많이도 '행궁동 앓이'를 하던 시절 이름도 사랑스러운 '브로콜리 숲' 작은 책방에서 작가님의 첫 책 '책 사랑꾼 이색서점에서 무얼 보았나?' 북토크가 있던 날, 나는 무언가 찌릿한 감정을 느꼈다. 그 뒤로 내 마음속에 꿈꾸는 것이 아직은 어렴풋하지만 조금씩 구체화 되기 시작했고, 작가님의 두 번째, 세 번째, 네 번째 책 내심의 꾸준함에 그저 감탄과 감동이 밀려왔다.

그냥 막연히 스치는 인연에 손 닿을 수 없는 곳에 계시는 분들이 작가님이라는 생각에 그렇게 시절 인연으로 끝날 것 같았던 작가님과의 인연은 특별히 주기적인 모임을 하거나 소식을 주고받지 않아도 인스타그램으로 서로의 소식을 알아가고 작가님의 출간 소식도 전해 들을 수 있게 되었고, 무엇보다 마음이 보드라우신 작가님은 내가 '파랑새'를 시작할 때부터 관심 있게 용기와 응원을 해주셨고, 실험적인 공간으로 '파랑새 공간대여'를 할 땐 직접 예약하시고 반나절 머물다 가시기도 했다.

똑같은 사람도 각자 상대에 따라 다른 모습을 하고, 간혹 낯선 모습이 보일 때도 있지만, 내가 느끼는 작가님은 처음이나 지금이나 한결같은 눈빛으로 나를 대해 주시는 분 중 한 분이시다.

파랑새를 시작할 무렵 모두의 응원 속에 시작하지 못했기에 때론 응원받지 못했고, 때론 색안경으로 나를 보는 눈빛을 슬그머니 피하기도 했었다.

그럴 때마다 '잘했다. 참 좋다. 부럽다.' 하신 작가님의 동화 같은 응원을 나는 잊을 수 없다.

작가님의 네 번째 책이 출간되고 바쁘신 와중에도 카페 '숲,'에 초대해 정말 순수한 마음으로 좋은 것을 함께 나누시려는 마음이 온전히 전해져 나는 또 한 번 작가님의 흉내 낼 수 없는 마음이 무척 감사했다.

작가님의 네 번째 책은 미리 구입해 두었지만, 나에겐 변화가 많을 2024년 새해 첫날에 읽고 싶었다.

"받아들이고, 내려놓고, 품으면 나를 넘어설 수 있다.
진정으로 자유로운 사람이 될 수 있을 것이다."

-붉은토끼풀이 내게로 왔다,김건숙글, 바이북스, 2024.

책을 읽는 내내 사진으로라도 보고 싶었던 440년 된 어르신 느티나무와 궁금함을 참고 있었던 붉은 토끼풀을 검색해 보았고, 검색 후 책 표지를 다시 자세히 보니 오른쪽 아래 붉은토끼풀들이 그제야 내 눈에도 쏘옥 들어온다.(파랑새 풀밭에서 많이 보았던 풀 이름이 '붉은토끼풀'이구나!라며 반가웠다.) 한 손에 잡히는 책 크기

도 편안했고, 초록을 사랑하시는 작가님의 취향이 초록
~하게 담겨 있어 더욱 좋았던.

  마치 작가님이 곁에서 어르신 느티나무와 대화하는
모습이 이미지로 떠오르며 코로나 시기에 호기심
가득한 작가님은 역시나 시간을 허투루 보내지 않으시
고 '받아들이고, 내려놓고, 품으시며' 또 한 권의 결과물
로 뛰어넘으시는구나! 그 점이 나는 또 한 번 놀라웠다.

  브로콜리 숲에서 첫 책 북토크의 인연으로
벌써 4권의 책을 모두 읽어보며, 이 모든 일들이 하루
아침에 이루어진 것이 아님을 이번에도 또 느낀다.
지금까지 이어져 오는 작가님의 책사랑, 그림책 사랑,
숲 사랑이 걷기와 함께 숲을 이룬다. 이번 책에 수록된
'결단'이란 단어가 내가 놓인 지금 상황에서는 가장 마
음에 와닿았다. 그리고 어르신 느티나무에 투영된 삶의
지혜까지도 귀 기울여 들을 이야기로 가득했다.

  무엇보다 삶을 미시적으로 사랑스럽게 대하시며

주변인들을 다정하게 돌보시며, 니체의 말처럼 호기심
가득한 어린아이 같은 마음으로 늘 새로움에 도전하시
는 작가님을 응원하는 마음이 내 속엔 가득함을 수줍게
전해드리며 새해 첫날
'붉은토끼풀이 내게로 왔다'
'멋진 건숙 작가님이 내게로 왔다'

  지금 생각해 보니
파랑새에 날아들 때도,
파랑새에 머무를 때도,
파랑새를 떠나보내기 직전인 지금에도
나의 마음은 '작가님과 함께했구나'하고
참 든든하고 감사한 생각이 든다.

  작가님이 세 번째 책을 들고 파랑새에 오셨을 땐
'비로소 나를 만나다' 책 속에 멋진 필체로
'파랑새와 함께, 파랑새답게, 파랑새를 위해'라는 말씀
을 선물해 주셨는데, 다시 생각해도 나는 작가님의 축복
대로 3년이란 시간을 '나와 함께, 나답게, 나를 위해' 무

척 잘 보낸 것 같아 만족스럽다.

　난 작가님의 북토크로 좀 더 구체적인 꿈을 꿀 수 있었고, 비로소 나를 만나며, 나다울 수 있었고, 이제는 크나큰 산 앞에서 결단할 수 있게 되었다.

　자신을 응원해 주는 단 한 명의 사람만 있어도 인간은 두 발로 뚜벅뚜벅 나아 갈 수 있음을 안다.
그 동화 같은 경험을 한 나는, 오늘도 스스로 결단하며 앞으로 조금씩 조금씩 나아가고 있다.

　나도 누군가에게는 용기의 배턴을 전해줄 수 있는 그런 선한 영향력을 가진 사람이 되고 싶다.

* 안녕 파랑새야 훨훨 날아가라

　제목을 노트북 화면에 입력하고, 깜박깜박 우회전 방향 지시등처럼, 잠시 멈추었다 가기를 기다리는, 마우스 커서를 본다.

　모든 것이 채워지지 않는 욕망에서 시작되었다.
오래 꿈꾸고 묵혔다고 생각했던 꿈의 실현들은 기초공사가 부족해 오래가지 못했고, 쉽게 실망하고 좌절하는 본성은 민낯을 드러내며 부끄러웠다.

「내 속에서 솟아 나오려는 것 ,
바로 그것을 나는 살아 보려고 했다.
왜 그토록 어려웠을까?」

-데미안, 헤르만 헤세, 전영애 옮김, 민음사, 2017.

　몇 년 동안 책 속의 문장만 찾던 나는 조급했고, 현실과 비현실을 구분하지 못하는 몽롱한 상태로 중년의 갱년기를 맞았다. '어디 가서, 어떻게 내 꿈을 찾지?' 그렇게 매일매일 꿈 타령은 늘어졌고, '어떻게 나는 본래의 내가 되지?' '우리가 경험하지 못하는 일들은 다 어디로 가는 거지?'라는 … 먹고사니즘의 질문이 아닌, 책 속의 문장들이 머릿속에 뒤죽박죽이 되어 정신을 차리지 못했고, 무엇보다 불안했다.

무의미하게 흘러가는 시간이 불안했고, 너무 빨리 흘러가는 시간이 무서웠다. 그렇다고 취업을 하거나 돈을 버는 일에는 마음도 소질도 없었고, 백수이자 한량 같은 시간이 자꾸만 자꾸만 덧없이 흘러가고 있었다.

숙성되지 않은 성급한 꿈의 펼침은 '비만 내려도 피할 곳이 없는 불쌍한 새'가 된 듯했고, 무언가는 하고 있지만 되는 일은 없는 듯한 자괴감이 가장 견디기 힘들었다. 그렇게 3년이란 시간은 나름대로 '못다 핀 꽃 한 송이'와 '신성한 노동'이라 이름 붙인 땀의 기록물들로 사랑스런 텃밭과 함께 나를 차분하게 잡아 주었고, 끝없이 펼쳐진 '아름다운 남의 밭과 논뷰'를 보며 이 모든 것이 내 것이 아니기에 몸이 편안한 행복도 마음껏 누려보았다.

  퇴근길 막히기 전에 집으로 가기 위해 바쁘게 뒷정리를 하던 어느 날, 할 일이 남아있는 내가 안절부절 하기도 전에 차 한 잔과 내어드린 적당한 간식을 드신 후 '떠나야 할 때를 아시고 떠나시는' 미소 천사 할머니의 모습에서도 나는 삶의 지혜를 배웠다.

  그토록 꿈을 찾아 헤매이며 꿈을 찾았다고 착각하던 순간 그 꿈들이 모래알처럼 손가락 사이로 흩어지는 경험을 한 나는, 이제야 내 마음도 들여다보며 다독일 줄 알게 되었다. 무엇이 되고 싶었지만, 아무것도 되지 못했어도 나는 파랑새를 통해 무해한 사람들을 만나며 그런 몽글한 경험을 통해 지금도 잘 나이 들어가고 있음에 감사하다.

  이제는 때가 왔고,
파랑새를 떠나보낼 준비가 다 된 듯하다.
혹시라도 내가 아쉽다는 마음이 커서, 날아가려는 파랑

새를 한 권의 책 속에 다시 가두려는 것은 아닌지 자문
해 본다.

  시골집 '파랑새'에서 찰나의 순간을 핸드폰에 담고,
찬란했던 감정을 인스타에 쏟아 놓으며,
그때는 한 권의 책이 될 줄은 몰랐다.
이제는 나와 닮은 꿈을 품은 누군가에게 날아들어
그들의 꿈과 함께 자유롭게 날 수 있길 바란다.

        "안녕! 파랑새야 훨훨 날아가라"

* 파랑새 하길 참 잘했다.

「인간은 짐승과 초인 사이에 놓인 밧줄이다. 심연 위에 걸쳐진 밧줄이다. 저쪽으로 건너가는 가는 것도 위험하고, 줄 가운데 있는 것도 위험하며 뒤돌아보는 것도, 벌벌 떨고 있는 것도, 멈춰있는 것도 위험하다.」

-차라투스트라는 이렇게 말했다, 프리드리히 니체, 장희창 옮김, 민음사, 2017.

아 어쩌란 말인가? 어려운 니체를 정확하게 알지 못한다. 어렵고 심오하고, 심연이다. 그러나 내가 가장 좋아하는 철학자는 '니체'이다. 특히 마음이 괴롭고 힘들 때는 어느 순간부터 니체가 함께했고, 그 어떠한 달콤한 위로보다 이 문장으로 나는 매번 크게 위로 받는다.

나약한 존재인 우리 인간들은 초인이 되기를 희망하지만, 그 사이에 놓여 있는 밧줄처럼 애처로울 때가 많다.

그런 나를 인정하고 받아들이는 순간 삶은 다시 일어나 살아 볼 만 하다.

 '오늘도 파랑새를 찾았다'라며 쉴 새 없이 노래하고 '논뷰로 출근합니다'며 나이에 맞지 않게 들뜨고 '파랑새 하길 참 잘했다'라며 내가 나를 위로하던 시간이 덧없이 지나간다.

 벌써 2월...
비워줘야 하는 파랑새의 시간은 조급하게 다가오고, 마음은 싱숭생숭 길을 잃고 배회하던 차에, 서른 책방에서 열린 '6주 완성 나만의 책 만들기'에 즉흥적으로 참여하며, 그날 이후로 정말 쉼 없이 달려온 듯하다.

 시작은 용기 내어 가볍게 했는데, 정말 내가 이걸 잘 해낼 수 있을까? 라는 의문이 수시로 밀려오며, 사진도 글도 전혀 정리되어 있지 않은 자료들을 모아, 3년간의 기록을 다듬고, 다시 새로운 글로 엮어 내는 일은 보통 일이 아니다.

 특히 관절이 안 좋은 나는 허리에 파스를 덕지덕지 붙

이고, 하루에도 몇 시간씩 노트북 모니터를 보니, 이제
는 눈까지 문제를 일으켰고, 밤에 잠도 오지 않았다.

그러나 모니터 앞에서 '파랑새'의 추억을 하나하나 복구
해 나가는 나는

　　지금, 웃고 있고

　　　　　　　때론, 울고 있다.

무엇이 나를 이토록

스스로 고단하게 하는지는 알 수 없다.

　가족들은 이번에도 나의 돌발 행동에 적잖이 당황하는
눈치지만 내 앞에서는 모두 부족한 나를 '아가 다루듯'
영차영차 해준다. 영원한 남의 편이 아닌, 변함없는 눈
빛으로 나를 봐주는 여전한 내 편인 남편! 그리고 '대문
자 T'이지만 누구보다 보드라운 예술적 감성의 소유자
나의 분신 울쏭, 아마도 딸냄의 도움이 없었다면 이 책
은 또다시 '포기'라는 검은 봉지에 담겨 마음속에만 넣
어 두었을 듯하다. 책이 되게 도와준 딸에게 고맙고 감
사하다. 그리고 무엇보다 일찍 독립해서 안쓰러운, 엄마
가 철없이 꿈을 찾겠다며 자주 우왕좌왕 하고 잘 챙겨주
지 못해도, 늘 믿음 담긴 부드러운 눈빛으로 엄마의 꿈

을 응원해 주는 우리 막내까지! 나는 이미 파랑새를 여러 번 찾았고, 오늘도 나는 '파랑새 하길 참 잘했다'라며 기쁜 마음으로 살아갈 것이다.

책을 준비하던 며칠 전, 급하게 글을 쓰다 파일 저장을 안 눌러 우주로 사라져 버린 아쉬운 나의 글에도 이젠 '안녕'이라고 다정하게 말해주고 싶다.

포기의 순간이 자주였다.
호기심은 많으나 꾸준함의 부족으로 마음은 늘 허기진 상태였고, 빛나는 일상의 기록은 때론 부질없게 느껴지며 침울할 때도 많았다.

삶은 각자의 기억대로 살아간다.
같은 날, 같은 공간, 같은 시간에 있었지만,
그날의 온기와 냄새, 느껴지는 기분은
서로 다르게 기억된다.
그건 옳고 그름의 문제가 아니라
각자의 감성으로 물드는
그 찰나의 기억이다.

행락, 파랑새, 상기리라는 '트랜스포머' 같았던
시골집의 추억들은 이곳을 다녀간 각자의 기억으로
색다르게 저장될 듯한 아련함이 느껴진다.

  모두 각자의 기억으로
때론 소중하게
때론 대수롭지 않게
때론 무모하다는 생각까지도…….

  나에겐 모두 파랑새가 있어 느낄 수 있었던 감정이었
기에 "파랑새 하길 참 잘했다."를 오늘도 노래한다.

217

* 맺는말

잠이 오지 않던 어느 밤,
문득 스치는 생각을 일어나 메모해 둔 글로
맺는말을 대신할까 합니다.

'나와 그 어떤 이들의 기억 속으로
이젠 조금씩 사라진다.
그 형상만 머릿속에 남아
연기처럼 사라질지라도
언제라도 내 마음속에 넣어두고
수시로 불러낼 마음이어라.
잊혀진다는 건,
때론 홀가분한 일이다.'

제가 아는 모든 분들께
　　　　　감사에 진심을 더해 축복합니다.

　　　2024년 3월.
　　　　아들이 물려준 책상 앞에서
　　　　　　　　윤슬.

*기록가 윤슬의 마음 메모장

햇빛이나 달빛이 있어야 빛날 수 있는 윤슬.
아이들과 함께 코로나 전 이태리 여행했을 때도
유독 인상 깊었던 바다 위 윤슬을 함께 보며 말했었다.

엄마 훗날 떠나면 바리바리 음식해서 제사 지내지 말고
너희들 곁에 있는 윤슬을 볼 때마다 엄마 생각해달라고
아이들은 지금도 윤슬을 볼 때마다 엄마 생각이 난다 하
고 여행에서 윤슬을 볼 때면 엄마 생각난다며 사진 찍어
보내주니, 나의 마음이 고스란히 잘 전해진 듯하다.

'윤슬'과 함께 해돋이보다 '해넘이'를 더~ 좋아했던 엄
마를 기억해 주는 아이들이 곁에 있어 더~~행복한 나는
세 번째 스물을 기쁘게 기다리는 자칭 윤슬이다.

*윤슬과 함께한 책

-바닷가 작업실에서는 전혀 다른 시간이 흐른다, 김정운, 21세기북스, 2019.

-모두 예쁜데 나만 캥거루, 에밀리 디킨슨, 박혜란 고르고 옮김, 파시클 출판사, 2019.

-달러구트 꿈백화점, 이미예 지음, 팩토리나인, 2021.

-페스트, 알베르 카뮈, 김화영 옮김, 민음사, 2020.

-우리, 이토록 작은 존재들을 위하여, 사샤 세이건, 홍한별옮김, 문학동네, 2021.

-조화로운 삶, 헬렌 니어링, 스코트 니어링 씀, 류시화옮김, 보리 출판사, 2014

-나는 고양이로소이다, 나쓰메소세키, 송태욱옮김, 현암사, 2018.

-경이로운 자연에 기대어, 레이철 카슨외, 민승남 옮김, 작가정신, 2022.

-읽을,거리. 김민정, 난다 출판사, 2024.

-세월, 아니에르노, 신유진옮김, 1984Books, 2021.

-행복한사람, 타샤튜더, 타샤튜더지음, 공경희옮김, 윌북, 2006.

-월든, 헨리 데이비드 소로, 펭귄클래식 코리아, 2019.

-갈매기의 꿈, 리처드 바크, 류시화 옮김, 현문 미디어, 2013.

-애린왕자, 갱상도, 앙투안드생텍쥐페리, 최현애옮김, 이팝, 2021.

-파랑새, 모리스 마테를링크, 김주경 옮김, 시공주니어, 2020.

-그리움의 정원에서, 크리스티앙 보뱅지음, 김도연옮김, 1984Books, 2021.

-괴테의 이탈리아 기행, 괴테 지음,박영구 옮김, 푸른숲, 1998.

-여름은 오래 그곳에 남아, 마쓰이에 마사시, 김춘미옮김, 비채, 2020.

-어떻게 늙을까, 다이애너 애실, 노상미 옮김, 뮤진트리, 2018.

-붉은토끼풀어 내게로 왔다, 감건숙 글, 바이북스, 2024.

-데미안, 헤르만 헤세, 전영애 옮김, 민음사, 2017.

-차라투스트라는 이렇게 말했다, 프리드리히 니체, 장희창 옮김, 민음사, 2017.

*윤슬과 함께한 그림책

-빨간벽, 브리타 테켄트럽, 김서정 옮김, 봄봄출판사. 2021.

-프레드릭, 레오 리오니, 최순희옮김, 시공주니어, 1999.

-열두 달 한 뼘 텃밭, 글 그림 느림, 보리 출판사, 2022.

날아들다, 머무르다, 날아가다

오늘도 파랑새를 찾았다

기록가 윤슬

(건네는 말)

「꽃은 만발했으니 곧 달아나겠지
케이크의 통치는 단 하루
그러나 추억은 멜로디를 타고
영원히 분홍빛」

-모두 예쁜데 나만 캥거루, 에밀리 디킨슨, 박혜란 고르고 옮김, 파시클 출판사, 2019.

 언젠가 '나의 파랑새'에 관한 책을 낼 수 있다면,
좋아하는 에밀리 디킨슨의 시로 시작하고 싶었다.
용기 내어 그 꿈을 하나씩 써 나가려는 지금,
책장 속 그녀의 시집을 다시 꺼내 읽어보며
'꽃이 만발했던 그 시절'로
떠나볼까 한다.

'분홍빛 멜로디'
'초록빛 싱그러움'

2021년 6월

'나는 폐가에서 파랑새를 찾았다.'

전 세계가 팬데믹의 여파로 자발적 거리두기를 하며,
모두 각자의 시간을 보내던 시절.
하필, 나에게는 기다렸다는 듯, 갱년기라는 중년의 변화
도 함께 서서히 밀려오기 시작했다.
답답한 마음은 주체할 길 없이 새처럼 훨훨 어디론가
날아가고 싶었고, 아픈 몸은 그런 신체의 자유로움을
스스로 쉽게 포기하게 만들며 막연히 뜬구름 같은
꿈만 꾸게 했던, 아프고 무료했던 나날들이었다.
그 어두운 터널의 저 끝,
반짝하는 빛이 보였던 그날!
내 눈에 들어온 시골집 한 채!
시작은 그때부터였고, 나의 '시골집 앓이'는 갱년기와
팬데믹과 함께 어지럽게 버무려져, 마음이 온통 쑥대밭
이었다. 그저 꿈만 꾸며 헤매던 시절을 보내고, '이제 와
파랑새 공간이 실현되나 보다.'하는 느낌이 왔던 날!
난 밤을 꼬박 지새우며, 불면했다.

'모든 것이 때가 있구나!'라는 진리를 또 한 번 느낀 그

날 이후, 나의 50대는 찬란했고,

내 삶의 열정은 그야말로 부활했다.

　젊은 엄마 시절 아이들과 함께 할 땐

스스로 '대한민국 헬리콥터 맘'을 자처했던 나.

'벚꽃의 꽃말이 중간고사'라는 엄마들끼리의

우스운 농담도, 이제는 시절 인연이 되어버린 지금.

　두 아이의

사랑스러운 꽃피움을 함께하던

그 시절을 무사히 통과하고,

이제는 돌아와

나 자신 앞에 선

나를 본다!

내 앞에 선

또 다른 나는

환하게 웃으며

'오늘도 파랑새를 찾았다.' 한다.

  지난 3년이란 시간 동안
나의 눈앞에 펼쳐졌던 비현실적인 자연의 시간이
찰나의 순간으로 느껴지며
'파랑새 하길 참 잘했다.'를 매일 노래했던
그 시절의 내가 벌써 그리워진다.

  2024년 1월,
늘 곁에 있을 것만 같았던 '시골집 파랑새'와
꽃이 만발했던 시간 여행의 추억들을
이제는 조금씩, 스스로 떠나보낼 준비를 해본다.

 '찰나의 순간을 사진과 글로 기록하며,
반짝이는 삶의 소소한 보시래기조차 소중했던
'시골집 파랑새'에서 2년 9개월 동안 함께한
윤슬의 마음 기록을 여기 남기며……'
  어설프게 펼쳐놓고 좋아라하던 나에게 파랑새를
시작하던 처음부터 따뜻한 용기와 장마 후 시골집 곰팡
이 피해로 무엇보다 가장 힘들었던 파랑새 1주년 땐,

'빨간 벽' 그림책 선물과 낭독의 감동을 내게 주셨던
'김건숙 작가님'께 진심으로 감사의 마음을 전해본다.

「네가 마음과 생각을
활짝 열어 놓는다면
그 벽들은 하나씩 사라질 거야.
그리고 넌 세상이 얼마나 아름다운지
발견할 수 있을 테고.」

-빨간 벽, 브리타 테켄트럽/김서정 옮김, 봄봄출판사,
2021.

  그동안 파랑새에 잠시라도 머물다 가신 모든 분들과
폐가였던 시골집의 변신이 궁금하신 분들께 나 또한 이
사랑스러운 문장을 전하며, 건네는 말을 맺는다.

2024년 1월.
아들이 물려준 책상 앞에서
윤슬.

225

오늘도 파랑새를 찾았다.
-논뷰로 출근합니다. 윤슬의 시골집 이야기

초판 1쇄 발행 2024년 03월 23일

지은이 기록가 윤슬
사진 윤슬
손그림 윤송희
표지 디자인 윤슬
발행처 인디펍
발행인 민승원
출판등록 2019년 01월 28일 제2019-8호
전자우편 cs@indiepub.kr
대표전화 070-8848-8004
팩스 0303-3444-7982

정가 16,000원
ISBN 979-11-6756519-8 (03810)